AF293581

Coeur Mécanique

Cyrielle JOANNARD

FSC
www.fsc.org
MIXTE
Papier issu
de sources
responsables
Paper from
responsible sources
FSC® C105338

Prologue – Le dôme 348

Notre histoire commence sous le dôme 348. Il ne se situe pas entre les dômes 347 et 349, comme on pourrait le penser. C'est seulement le 348ème dôme à avoir été construit pour sauver l'humanité.

Les guerres à répétition, le nucléaire, la pollution ont un jour contraint l'Homme à se protéger de son environnement, devenu bien trop dangereux. Dehors, les pluies acides ravageaient les sols et la végétation, le soleil était devenu bien trop brûlant, l'air irrespirable. La nature avait disparu, la Terre était devenue hostile et l'espèce humaine était menacée d'extinction.

Pour sauver la population, les différents gouvernements mondiaux avaient décidé de construire ces dômes, d'immenses cloches réalisées dans des matériaux nouveaux et d'une résistance hors du commun. Ces gigantesques infrastructures pouvaient contenir une grande ville ainsi qu'une partie de la campagne environnante, permettant à l'humanité de survivre le temps d'en construire d'autres, similaires, tout autour du globe.

À l'intérieur, le climat était reconstitué à l'aide de grandes toiles tapissant les parois du dôme, reliées à des générateurs de pluie ou de froid. L'ensemble étant connecté à la base centrale, les météorologues reconstituaient suivant les saisons le temps qu'il allait faire et les températures adéquates. Les prévisions annoncées dans les journaux étaient donc toujours respectées à la lettre.

À la tête de chaque dôme se trouvait un gouverneur, l'équivalent d'un maire de la ville, accompagné de ses conseillers. Il n'était pas élu, c'était simplement celui qui avait financé le dôme. Ainsi, chaque homme d'affaires ayant assez d'argent pouvait s'offrir une petite ville où des colons venaient emménager pour reconquérir la surface de la Terre et sauver l'espèce humaine. Certains de ces gouverneurs se révélaient être de bons politiciens, d'autres, moins scrupuleux, de vrais tyrans.

Le gouverneur du dôme 348 était Bayron Eudon, un riche homme d'affaires dont les ancêtres avaient pu se permettre de financer un tel édifice. Son entreprise avait fait fortune en développant le système de simulation météorologique utilisé dans tous les dômes. Bayron Eudon se révélait être un très bon dirigeant qui veillait au bonheur de ses citoyens. Il gouvernait certes parfois d'une main de fer, mais prenait garde à ce que les citoyens ne manquent jamais de rien et entretenait des relations amicales et prospères avec les autres dômes.

Son fils aîné Lysandre était prédisposé à prendre sa suite, en tant qu'héritier de la famille Eudon et de l'entreprise Weather Technology. Il étudiait depuis son plus jeune âge les sciences économiques et politiques, la géographie, la philosophie et il aimait également beaucoup les sciences comme la physique ou l'astronomie. Lysandre passait également beaucoup de temps avec son père, afin d'emmagasiner un maximum de savoir avant de devoir un jour prendre sa place.

Le jeune homme, en plus d'être un élève brillant, était particulièrement agréable à regarder. Toutes les filles de hautes familles ou non, du dôme 348 et d'ailleurs auraient payé cher pour devenir l'épouse du futur gouverneur. Néanmoins, Lysandre ne se pressait pas tant que ça pour choisir sa future compagne, ce qui agaçait fortement sa mère. Les parents du futur gouverneur décidèrent donc d'organiser un grand bal afin qu'il rencontre de nombreuses jeunes femmes venant de différents horizons. Parmi elles se trouverait peut-être la future Madame Eudon...

Chapitre 1 – Altercation

- Comment ça ? Vous ne pouvez pas la réparer avant demain soir? Et comment suis-je censé me rendre au bal du gouverneur, je vous le demande ?

Le jeune homme frappait d'agacement sa canne sur le sol pavé de l'atelier afin d'extérioriser son mécontentement. Ses mains se crispaient sur le pommeau en argent finement ouvragé, faisant s'étirer le cuir noir de ses gants luxueux.

- Vous pouvez en louer une. Si vous le désirez, nous pouvons vous mettre en relation avec l'un de nos partenaires, lui répondit la jeune fille qui tentait de le calmer, cherchant des prospectus à l'intérieur de son comptoir.

La demoiselle avait les joues mâchurées de traces de poussière et de graisse, signe qu'elle-même mettait les mains dans la mécanique. Elle s'essuya machinalement avec la manche de sa chemise retroussée, ce qui ne fit qu'étirer la trace brune sur sa pommette.

- Beaucoup de voitures et d'autres machines ont été déposées avant la vôtre, reprit-elle, elles sont donc prioritaires, monsieur. Je suis sincèrement désolée, mais votre véhicule ne sera pas disponible avant deux jours.

La pauvre mécanicienne essayait tant bien que mal de calmer son client, en vain. Elle réajusta ses lunettes de protection sur son front avant de finir de remplir les papiers pour la réparation.

- Vous pouvez être désolée, lui aboya-t-il à la figure. Vous avez de la chance d'être le dernier garage ouvert aujourd'hui, sinon j'irai voir ailleurs sur le champ ! Et je ne vous parle pas de la mauvaise publicité que mes relations sont capables de vous faire !

Lysandre griffonna sa signature sur le bon de réparation. Son écriture d'habitude fine et élégante perdait toute sa beauté dans sa rage et sa précipitation. Il jeta les clés de son véhicule hybride dernier cri à la figure de la technicienne avant de s'éloigner en grommelant. Alors qu'il s'apprêtait à sortir du garage, il s'écria, plus pour lui-même que pour la jeune fille :

- Vous ne savez pas qui je suis ! Sinon, vous ne me traiteriez pas de la sorte !

Une fois ce désagréable client suffisamment loin, le sourire forcé par le professionnalisme de Mélody s'effaça instantanément. C'était exactement le genre de personne qu'elle détestait. Alors qu'il devait avoir vu le jour au sein d'une famille riche ou importante, ou les deux à la fois, il se croyait absolument tout permis, profitant de chaque instant pour faire savoir à tout un chacun qu'il leur serait toujours supérieur. Heureusement que le gouverneur Bayron ne se comportait pas de la sorte, pensa-t-elle. Naître avec une cuillère en argent dans la bouche ne leur donnait pas tous les droits.

- Merci ! dit-elle finalement à contrecœur, même si elle savait qu'il ne l'entendrait pas. Et passez une bonne soirée chez le gouverneur ! continua-t-elle à mi-voix, une pointe de moquerie dans ces mots.

Le fils de Bayron se trouvait justement trop loin pour entendre ces dernières paroles. Lysandre héla un taxi pour rentrer chez lui au plus vite, car il devait se préparer pour le bal. Il n'aurait pas eu l'utilité de son propre véhicule puisque la réception se déroulerait dans l'immense demeure appartenant à sa famille. Il voulait cependant faire conduire tous ses amis par son chauffeur personnel, afin de bien leur montrer à quel point il était bon, généreux, mais aussi que sa famille était la plus riche et importante du dôme. Selon lui, cela lui permettrait de conserver leur sympathie ainsi que sa position sociale. Une panne au mauvais moment lui avait fait revoir ses plans, et le manque de professionnalisme de la jeune femme n'aidait en rien.

Pendant le trajet, la tête appuyée contre la vitre, il repensa à son court échange avec l'employée du garage. Elle aurait pu être jolie, si elle ne passait pas sa vie le nez au fond de machines en tout genre. Et puis pour qui se prenait-elle ? Il avait vu son regard excédé quand il avait commencé à s'énerver. Elle aurait dû réparer sa belle voiture nouvelle génération en priorité, car personne ne devait le faire attendre. Après tout, il était Lysandre Eudon. Son père, en plus d'être le gouverneur du dôme 348, possédait de nombreuses usines qui faisaient travailler une énorme partie de la population ! Même la jeune mécanicienne qu'il venait de rencontrer gagnait sa vie en réparant les machines de son père. Elle devait lui en être reconnaissante !

Mais Mélody ne l'avait pas reconnu et lui-même était trop fier pour se présenter, croyant que tout le monde le connaîtrait sous le dôme. Tout ce qu'elle savait de Lysandre, c'est qu'il était un brillant jeune homme destiné à prendre un jour la place de son père. Elle ne regardait ni les écrans d'informations et très peu la télévision, préférant les bons vieux journaux en papier recyclé, et ne savait donc pas à quoi ressemblait le garçon. En réalité, elle n'en avait pas grand-chose à faire.

Lorsqu'il arriva chez lui, toute trace de cette altercation s'était évaporée de son esprit. Lysandre devait maintenant se préparer pour le grand bal. L'évènement était donné en son honneur, ainsi se devait-il d'être irréprochable et ne devait surtout pas être en retard. On ne pouvait y entrer que sur invitation officielle du gouverneur, même si une grande partie du dôme était conviée, surtout les jeunes filles.

Car le but était bien évidemment de trouver la future Madame Eudon, avant que Lysandre ne prenne ses fonctions de gouverneur. Outre la prestance sociale qu'assurait le fait d'être accompagné d'une jeune fille de bonne famille, cette dernière devenait indispensable afin d'offrir un héritier à cette importante famille. La tâche était donc capitale, bien que le procédé soit vieux comme le monde, tout droit sorti d'un conte de fées.

Chapitre 2 – Invitation

Comme d'habitude, Mélody travaillait sur les machines et les véhicules de ses clients. La jeune fille analysait chaque panne et réparait au mieux ces magnifiques mécaniques qu'elle affectionnait tant. Après tout, elles étaient toujours bien plus sincères que les humains. Si elles ne fonctionnaient plus, c'est qu'il y avait un problème. Sinon, elles tournaient comme des horloges, c'était aussi simple que cela. Alors que chez les humains, il y avait toujours des apparences à respecter. Il fallait souvent montrer que tout allait bien alors que même quand ce n'était pas le cas. Les machines étaient bien plus faciles à comprendre.

La jeune mécanicienne s'extirpa de dessous la voiture électrique qu'elle venait de réparer et essuya ses mains crasseuses dans un bout de chiffon. Il lui restait quelques soudures de carrosseries et un peu de polissage à faire avant de terminer sa journée. Elle ne s'en plaignait pas, toujours heureuse de chouchouter ses petites protégées.

Bien qu'elle travaillât seulement dans le garage de son père, Mélody était une passionnée de mécanique sous toutes ses formes. La jeune fille était capable de réparer n'importe quelle machine, n'importe quel système, de n'importe quelle marque, pourvu qu'on lui laisse carte blanche. Cela prenait parfois un peu de temps, mais cela en valait la peine. Mélody arrivait toujours au bout de ses réparations qui avaient parfois des allures de véritables casse-têtes.

Pourtant, la jeune fille n'aspirait pas à travailler toute sa vie dans le garage de son père. Son plus grand rêve était d'intégrer la prestigieuse Académie Mélusianne, école d'ingénieurs reconnue dans tout le dôme 348, le pays, voire le monde entier. Depuis qu'elle avait obtenu son diplôme de fin d'études, Mélody tentait sa chance au concours d'entrée, mais sans résultat. Cette année signerait sa troisième et dernière tentative. La jeune fille s'était promis que, si elle échouait de nouveau, elle se contenterait de travailler avec son père dans ce petit entrepôt. Elle n'était pas à plaindre ici, elle aimait même beaucoup son travail, mais elle aurait avant tout aimé concevoir toutes ces machines, leur donner vie, au lieu de seulement les réparer.

Alors qu'elle repositionnait ses lunettes de protection sur ses yeux et s'apprêtait à réaliser sa soudure, Simon, son père, pénétra dans le garage.

- Salut chérie, je suis rentré !

Il déambula entre les machines en tout genre pour se frayer un chemin jusqu'à sa fille aînée. Le garage avait pas mal de travail ces derniers temps, et l'atelier commençait à ressembler à un véritable bric-à-brac de pièces métalliques, de moteurs, d'outils et de plans. Malgré ce chaos apparent, Mélody et son père se retrouvaient parfaitement dans leur travail et rendaient toujours leurs commandes dans les temps à des clients plus que satisfaits.

Simon avait dû s'absenter pour rencontrer des fournisseurs et revenait le courrier entre les mains. C'était un homme plutôt grand aux cheveux grisonnants. Sa carrure pouvait paraître un peu frêle à première vue, mais il ne fallait pas s'y méprendre. Il avait transmis sa passion du bricolage et de la mécanique à sa fille aînée depuis son plus jeune âge. Mélody était devenue une jeune fille, mais il la voyait toujours comme l'enfant qui se déplaçait gaiement dans tout l'atelier au volant d'une petite voiture jouet.

- Papa, arrête de m'appeler comme ça ! protesta-t-elle. Tu sais pertinemment que je déteste les surnoms !

Son père haussa simplement les épaules avant de poursuivre.

- Ah ! Ta sœur et toi venez enfin de recevoir votre invitation pour le bal ! Je désespérais de les voir arriver.

- Ça tombe bien, reprit la jeune femme, parce que je n'irai pas ! J'ai encore du travail.

Mélody remit ses lunettes de protection sur son visage. Simon détourna les yeux pour ne pas voir la lumière dégagée par l'arc électrique créé par le travail de sa fille, afin de ne pas se brûler les rétines. Sa voix se montrait pleine de remontrances.

- Mélody, enfin, tu ne peux pas passer ta vie seulement entre les réparations et les révisions ! Je sais bien que c'est ce qui te plaît, mais il te faut voir du monde, et non t'enfermer ici ! Tu devrais profiter de cette soirée pour revoir tes amis du lycée, prendre un peu l'air !

Elle fit une pause dans son travail et releva ses lunettes sur ses cheveux bruns, puis planta son regard dans les yeux de son père.

- Mais je ne veux vraiment pas y aller ! La soirée sera remplie de gamins pédants, de jeunes filles en chaleur devant le moindre bellâtre et les plus âgés seront seulement à la recherche du meilleur parti pour leurs enfants. Alors à moins que tu ne comptes sur moi pour compter les points, ma place n'est pas là-bas.

La technicienne réajusta ses lunettes de protection et reprit son travail là où elle l'avait interrompu. Elle croyait avoir clos le débat, mais son père ajouta :

- J'aimerais pourtant vraiment que tu y ailles, au moins pour accompagner ta sœur.

La sœur cadette de Mélody, Léana, avait trois ans de moins que son aînée, mais elle était déjà en âge de se marier et l'avait bien compris. Bien plus féminine que la jeune mécanicienne, elle avait déjà commencé à faire tourner de nombreuses têtes, mais surtout à s'embourber dans des relations désastreuses avec des hommes qu'elle croyait à chaque fois être l'amour de sa vie.

- Elle est bien assez grande pour y aller seule, non ? intervint Mélody. Et puis au pire, tu n'as qu'à l'accompagner, toi.

- J'aurais bien aimé, mais on ne m'a pas invité, il n'y a que vous deux, répondit Simon. Et je serais bien plus rassuré si tu y vas avec elle. Vous n'êtes pas obligées de rentrer très tard, mais je suis certain que Léana sera heureuse de partager ce moment avec toi.

Malgré le grésillement produit par l'arc électrique, Mélody entendit le ton suppliant de son père, à qui elle ne pouvait jamais rien refuser. Depuis la mort de sa mère, alors que la jeune fille entrait seulement dans l'adolescence, Simon et ses filles étaient devenus très proches et veillaient étroitement les uns sur les autres. Elle termina son ouvrage et retira une ultime fois ses lunettes rondes, regardant son père dans les yeux.

- Très bien, soupira-t-elle finalement en capitulant. J'irai avec Léana. Mais ne t'imagine pas nous voir revenir avec un mari, finit-elle par le taquiner.

- Il sera difficile de trouver un homme qui vous supporte l'une et l'autre, encore plus ensemble ! dit-il en souriant. Je remonte annoncer la nouvelle à ta sœur, rejoins-nous vite, il va falloir te changer et te refaire une beauté !

Il s'éclipsa, remonta les étroits escaliers qui donnaient directement à l'appartement de la famille Pane, situé juste au-dessus du garage.
Laissée à ses pensées, Mélody termina rapidement, mais habilement son travail et rangea tous ses outils. Au bal du gouverneur, elle rencontrerait d'une part des personnes de son âge, mais provenant d'un tout autre milieu social, mais également des enfants issus de familles modestes, tout comme elle. Le mélange des genres promettait d'être intéressant, même si ce genre de réception ne l'enchantait guère. Se pomponner, s'habiller comme une Lady et en imiter les manières, c'était très peu pour elle. Mais elle le faisait pour faire plaisir à son père, et surtout pour sa sœur.

Léana ressemblait bien plus à leur mère. Emelyne avait été une grande danseuse. Elle s'était produite dans les plus grandes salles des dômes alentour et était reconnue par ses pairs. Son mariage avec un mécanicien de la classe moyenne avait surpris toute sa profession, mais elle n'en avait eu cure. De leur union, deux magnifiques petites filles avaient vu le jour, mais la maladie vint l'emporter alors que ses enfants étaient encore très jeunes. Léana avait voulu suivre les pas de sa mère et enchaînait les cours et les auditions, mais ne trouvait encore aucune place au sein de ballet ou de spectacle. Elle était donc devenue serveuse dans un des plus grands restaurants du dôme, le Shift, afin de payer ses cours et de participer aux frais de la famille. La jeune femme côtoyait chaque jour les plus gros bonnets du pays et plus encore. Elle se laissait parfois aller à rêver d'être une dame de la haute société, à leur place, qui lui permettrait sans doute d'entrer plus facilement dans les plus grandes salles. Mais se contentait de faire son travail du mieux possible. Ce bal était ainsi l'occasion rêvée pour la jeune fille de jouer à la Lady et peut-être de se trouver un futur mari.

Mélody sourit en pensant à sa sœur virevoltant au bras des meilleurs partis du pays, mais se préparait à devoir lui annoncer la triste vérité ; elles n'étaient pas assez bien nées pour prétendre à une telle union. Leurs parents n'étaient pas un bon exemple, leur union n'étant pas vraiment acceptée par la famille de leur mère. L'aînée se fichait pas mal de ces problèmes conjugaux, bien plus à l'aise dans son garage, mais Léana était bien plus sensible et surtout fleur bleue. Il lui faudrait la ménager.

Elle termina de ranger ses outils puis se dirigea vers son appartement. Mélody pensait manger tranquillement avant de chercher une robe dans son placard, dont l'existence était sans doute improbable, mais au moment même où elle passa la porte, un ouragan de rubans et de tissus chatoyants s'acharna sur elle, l'emportant au fond du minuscule appartement.

Chapitre 3 – Préparation

Bayron et son épouse Abygaïl supervisaient les derniers préparatifs pour la réception du soir qui aurait lieu dans le grand hall de la propriété des Eudon. Alors que le gouverneur s'émerveillait sans cesse lors des installations, son épouse était bien plus exigeante et intransigeante.

- Oui, merveilleux, s'exclama Bayron lorsque ses domestiques installèrent dans la salle de lourdes statues antiques provenant de sa collection personnelle. Mettez ça ici, ce sera parfait !

On disposa habilement dans chaque coin de la pièce, suivant les instructions de leur propriétaire, des sculptures représentant des divinités presque oubliées par la population des dômes. Le gouverneur était un passionné d'art et d'histoire, aussi se faisait-il un devoir de conserver et parfois de montrer ces précieux vestiges du passé.

Le gouverneur était un homme de haute taille, bedonnant et affichant toujours un sourire éclatant. Ses cheveux bruns blanchissaient au fil du temps de même qu'ils se raréfiaient sur le haut de son crâne. On pouvait lire dans ses yeux bleus toute la bienveillance et l'amour qu'il portait à ses proches et à ses citoyens, même s'il savait parfois faire preuve de sévérité, pour le bien du dôme. Bayron était un dirigeant très apprécié par son peuple et faisait figure d'exemple au sein de certains autres dômes.

- Mais enfin, que faites-vous ? bouillonna Abygaïl en sermonnant une jeune fille qui installait des bouquets de fleurs sur les tables. Ce n'est pas la bonne couleur ! Celles-ci vont là-bas ! Et cette composition est absolument immonde ! Je vous prierai de m'en rapporter une décente !

La jeune femme intervertit les vases et s'éloigna le plus rapidement possible avec ladite œuvre florale source du dégoût de sa maîtresse. La grande dame était très à cheval sur les apparences, et le moindre détail se devait d'être irréprochable pour la réception donnée en l'honneur de son fils. Il fallait que tout soit absolument parfait !

Madame Eudon était très différente de son mari. De taille moyenne et très mince, elle semblait pouvoir se briser à chaque instant. Ses gestes n'étaient pourtant pas dépourvus de grâce. Malgré quelques rides qui commençaient à naître sur son visage, ses traits fins étaient illuminés par deux perles turquoise qui ravivaient la pâleur de sa peau. Elle était coiffée d'un chignon strict tenu par quelques épingles, aucun de ses cheveux blonds ne semblait pouvoir s'échapper de son crâne.

- Calmez-vous, très chère, tout va très bien se passer, j'en suis certain ! intervint son mari.

- Vous êtes beaucoup trop optimiste, cher ami. Il suffit de quelques détails, d'une minute d'inattention pour que la soirée devienne une catastrophe !

Abygaïl Eudon, née Summer, avait été élevée dans une grande famille d'industriels du dôme 256 et éduquée afin de devenir une digne maîtresse de maison. Elle n'avait pas choisi de s'unir avec l'héritier des Eudon, ce mariage avait été décidé par les familles des deux fiancés alors qu'ils étaient encore jeunes. Bayron et Abygaïl ne s'aimaient pas de l'amour que l'on prête aux vrais amants, mais l'époux avait tout de même beaucoup d'affection pour sa femme et veillait à ce que sa famille ne manque de rien. Abygaïl supportait cette union, mais donnait absolument tout son amour à son fils unique, Lysandre. Sa naissance avait ravivé une lueur de vie dans son cœur. Elle ne pouvait malheureusement plus avoir d'autres enfants, ainsi vouait-elle sa vie à son fils.

- Et vous, bien trop stressée ! reprit Bayron en tentant d'enlacer sa taille. Lysandre est un jeune homme charmant. Je suis certain qu'il trouvera rapidement une jeune fille digne de lui et qui saura lui apporter un doux foyer et une descendance.

Abygaïl se déroba de l'étreinte de son mari, faisant virevolter sa longue robe vert émeraude, avant de replonger dans ses pensées.

- J'espère que vous avez raison, dit-elle. Mais je me demande toujours pourquoi notre cher Lysandre a tenu à ce que cette soirée soit un bal masqué.

- Ma foi, d'après ce que j'ai compris, il veut pouvoir se présenter « incognito ». Ainsi, les prétendantes qui se présenteront à lui ne connaîtront pas son identité, et se comporteront comme avec n'importe quel autre jeune homme. Il éviterait ainsi de perdre du temps avec des jeunes filles qui ne s'intéressent qu'à son nom et sa position.

- C'est donc ça... Habile, je dois l'avouer.

- Venez, ma chère, il nous faut nous aussi nous préparer pour ce soir. Lysandre est rentré il y a une heure environ et doit être dans ses appartements, en train de choisir sa tenue. Nous le rejoindrons juste avant le début des festivités.

Il lui proposa son bras qu'elle accepta et ils montèrent tous les deux les grands escaliers recouverts d'un lourd tapis de velours bordeaux. Mari et femme rejoignirent le second étage où se trouvaient leurs appartements ainsi que la bibliothèque.

La soirée promettait d'être grandiose.

Chapitre 4 – Réception

Mélody et Léana étaient fin prêtes pour aller au bal.

Même s'il n'était pas invité, Simon insista pour accompagner lui-même ses deux filles à la demeure du gouverneur. Tous trois grimpèrent alors dans le seul véhicule de service du garage des Pane. La voiture, un ancien modèle presque de collection, ne payait pas de mine avec sa carrosserie cabossée, mais remplissait bien la fonction qu'on lui confiait. Ce n'était pas un carrosse de conte de fées, mais les jeunes filles s'en accommodaient avec joie. Mélody appréciait même ce petit côté ancien, alors que Léana s'inquiétait seulement de pouvoir arriver à destination.

Alors que la jeune mécanicienne ne possédait aucun vêtement pour l'occasion, sa sœur avait pris les devants en customisant une robe bleu électrique constituée d'un bustier et d'une jupe évasée vers le bas s'arrêtant juste au bas du genou, consigne indispensable pour le bal. Elle-même était vêtue d'une robe framboise avec des manches bouffantes et de nombreux volants. Malgré le fait qu'elle ressemblait à un gros fruit rouge, elle restait irrésistible, avec ses cheveux blonds ondulant sur ses épaules et ses yeux bleus rieurs. Chacune d'elle portait un masque assorti à sa tenue couvrant simplement le contour des yeux, orné de quelques plumes et de perles étincelantes, confectionnés eux aussi par Léana. La cadette avait également pris en main la coiffure et le maquillage de sa sœur. La brune était méconnaissable.

Mélody maudissait déjà les talons que sa sœur l'avait contrainte à porter lorsqu'ils arrivèrent devant la haute grille de fer forgé de la propriété du gouverneur. On pouvait apercevoir au loin l'immense bâtisse, mais la profusion de lumières aveuglantes rendait impossible une analyse plus poussée du décor. Un majordome gringalet et deux colosses qui devaient faire office de vigiles se tenaient devant la grille dans une jolie petite cabane en pierre, attendant petit à petit la venue des invités.

- Il n'y a que nous ! s'interrogea Léana. Serions-nous en retard ?

- Je n'en sais rien, répondit Simon, il n'y avait aucun horaire de renseigné sur vos invitations.

- Alors il n'y a qu'un moyen de le savoir, déclara Mélody en sortant de la voiture, son carton dans les mains.

Les trois hommes qui attendaient devant la grille furent surpris de voir arriver les jeunes filles et leur père, plus par la démarche peu assurée de Mélody sur ses échasses que par la tenue banale de Simon. Les deux sœurs les saluèrent et tendirent leurs invitations avec un grand sourire.

- Très bien, fit le majordome en ne jetant qu'un coup d'œil rapide aux papiers. Vous pouvez entrer, il y a déjà beaucoup de monde là-haut. Quant à vous, monsieur, je suis désolé, mais...

- Je sais, je sais, fit Simon avec un sourire attristé, mais compréhensif, je déposais juste ces deux jeunes filles, je vais m'en aller. Laissez-moi juste un instant.

Il fouilla dans sa poche et en sortit un petit boîtier muni d'un écran et de nombreux boutons ornés de lettres et de chiffres.

- Prends le Mélody, comme ça tu pourras m'appeler quand vous voudrez partir. Mais pas trop tôt tout de même, laisse un peu ta sœur s'amuser, plaisanta-t-il. Et essaye de t'amuser, toi aussi, de te faire des amis ! Peut-être retrouveras-tu des connaissances du lycée !

La jeune fille prit le téléphone et le rangea précautionneusement dans sa pochette. La pénurie de matières premières constituant différents composants comme le lithium rendait ces petits appareils extrêmement rares et onéreux, ainsi ne les utilisait-on qu'en cas d'urgence, du moins chez les Pane.

- Merci, dit-elle à son père avant de se tourner vers Léana. Alors, on y va ?

- Un peu, qu'on y va !

Les deux jeunes filles franchirent le portail et s'engagèrent sur le chemin menant à l'immense bâtiment. Plus elles se rapprochaient et plus l'ensemble prenait des airs féériques, presque irréels.

La demeure du gouverneur brillait de mille feux. De toutes parts, des projecteurs renvoyaient sur l'immense façade une explosion de couleurs et de formes géométriques, se mouvant avec grâce sur la musique d'un orchestre qui accueillait les visiteurs. Dans les jardins, des animatroniques animés de systèmes d'engrenages et pistons représentaient des animaux sauvages disparus depuis bien longtemps. Ces sculptures mouvantes attirèrent grandement l'attention de Mélody qui devait se contrôler pour rester auprès de sa sœur au lieu de se ruer auprès d'eux pour analyser leur fonctionnement. Pourtant, elle en mourait d'envie. Elle se promit de revenir y jeter un coup d'œil dès qu'elle aurait un petit moment dans la soirée. Finalement, elle n'allait peut-être pas passer son temps à s'ennuyer.

Chapitre 5 – Excitation

Léana n'en revenait pas. Tout paraissait si merveilleux, si parfait ! Ses yeux s'écarquillaient devant l'immense hall à la décoration victorienne, les longues tables où s'étalait un somptueux buffet, l'orchestre tout droit sorti des plus grands opéras. Jamais elle n'aurait cru vivre une telle soirée une fois dans sa vie.

Et pourtant elle se trouvait là, invitée au grand bal du gouverneur. Malgré le fait qu'elle n'ait pas reçu la même éducation que ces jeunes filles aristocrates qui se pavanaient en riant bruyamment, vêtues de toilettes plus somptueuses et coûteuses les unes que les autres, elle s'efforçait de paraître gracieuse et distinguée. Ses cours de danse ne lui auraient donc pas servi à rien.

En fait, cette réception servait avant tout à se trouver un mari.
Au contraire de sa sœur, elle désirait plus que tout trouver l'homme de ses rêves, qui l'aimerait et la chérirait, lui offrirait de merveilleux enfants... Et encore plus s'il lui permettait de rentrer dans la haute société, et dans les plus grandes formations de danseurs du pays ! Car bien qu'elle ne dénigrât pas sa vie modeste avec sa famille, elle espérait pouvoir grimper les échelons de la société, et un bon mari en était une des clés.

Après avoir discuté un moment avec quelques connaissances de son travail et ses amis d'enfance, Léana partit à la recherche de sa sœur aînée qui avait disparu depuis quelque temps. Elle prit d'abord soin de se resservir une coupe de champagne avant de balayer la salle du regard. Sans grande surprise, en jetant un coup d'œil à travers une fenêtre, elle l'aperçut dans les jardins, tournant autour des animatroniques. Mélody n'avait pas pu s'empêcher d'analyser le fonctionnement des différents automates qui égayaient la pelouse. Décidément, elle était irrécupérable, pensa Léana. Certains invités la regardaient d'un drôle d'air, surpris de voir une jeune fille porter tant d'intérêt à ces machines, mais Mélody n'y faisait aucunement attention. Elle était bien trop occupée à admirer ces sculptures mouvantes. De toute façon, personne ne la reconnaîtrait ici, puisqu'elle portait un masque. Rassurée, Léana décida de laisser sa sœur en compagnie de ses meilleurs amis et reprit le cours de sa soirée.

Alors qu'elle se retournait pour rejoindre ses amies, elle sentit quelque chose heurter son épaule et sa jambe. Le choc lui fit perdre l'équilibre et elle s'étala de tout son long sur la surface froide du marbre lustré. Léana se retourna douloureusement pour se relever, tout en espérant que son vol plané soit passé le plus inaperçu possible. Elle se rendit alors compte qu'elle avait percuté un jeune homme qui lui aussi avait fini les fesses par terre avec ses victuailles.

- Oh, je… Je vous prie de m'excuser, dit-elle d'une voix tremblante, honteuse. Je ne vous ai pas vu, je ne voulais pas...

Le gentleman se releva habilement puis tendit une main salvatrice à la jeune fille. Ses cheveux blonds, courts et soyeux, et son costume queue de pie le rendait absolument irrésistible. Ses yeux azur pétillants étaient encadrés par un lourd masque en velours et saphirs. Léana accepta cette main tendue et se redressa, replaçant ses cheveux ainsi que ses jupons.

- C'est plutôt à moi de m'excuser, répondit le jeune homme, confus. Je ne regardais pas où j'allais. Êtes-vous blessée ?
Il planta ses yeux charmeurs dans ceux de Léana. Son regard bleu intense, soutenu par son masque richement décoré, hypnotisa la jeune fille.

- Je vais bien, je vous remercie, répondit-elle, confuse elle aussi. Je suis désolée, je ne regardais pas non plus, continua-t-elle avec un sourire timide.

Le jeune homme s'interrogea. Il lui semblait ne jamais avoir rencontré cette demoiselle lors des soirées mondaines.

- Je ne vous ai jamais vue lors d'un bal, ou me tromperais-je ? demanda-t-il, curieux de connaître la belle inconnue.

- C'est la première fois que je suis invitée à ce genre d'évènement, en effet, lui répondit Léana en reprenant petit à petit une contenance. Je suis venue avec ma sœur, mais je crains de l'avoir perdue, continua-t-elle.

En effet, en jetant un coup d'œil discret dans les jardins, elle remarqua que Mélody avait encore disparu. Après avoir prononcé ces mots, elle s'en voulut d'avoir été aussi sincère. Si elle ne venait jamais aux bals, cela signifierait certainement au jeune homme qu'elle n'était pas une fille bien née, et donc indigne d'un mariage avec quelqu'un de son rang. Léana décida finalement de laisser couler, puisqu'elle venait déjà de commettre cette bêtise, elle ne pouvait plus revenir en arrière.

- J'en suis fort désolé, reprit le jeune homme sur un ton réellement attristé. Mais peut-être pourrions-nous rattraper le temps perdu et faire connaissance ?

Il lui offrit un sourire des plus ravageurs auquel Léana ne put résister. Elle accepta donc de se dévoiler un peu plus, tout en taisant son nom, car c'était la règle ce soir, tout en restant sincère. Tout comme le visage des invités, les identités devaient rester cachées au maximum, même si l'on pouvait reconnaître certaines personnes. En l'occurrence, la règle était respectée, puisque les deux jeunes gens ne s'étaient jamais rencontrés auparavant.

Ils discutèrent tous les deux un long moment, puis dansèrent ensemble. Ce jeune homme était vraiment délicieux, pensait Léana, aux anges. Elle passait une soirée absolument féérique, au bras d'un gentleman charmant, et, malgré son masque, terriblement séduisant. Quand il la fit danser, la jeune fille put lire dans ses mouvements sa silhouette athlétique et la délicatesse qu'il mettait dans tous ses gestes. Elle-même étant très bonne danseuse, car elle désirait en faire son métier. Leur duo attirait tous les regards dans la foule, d'autant plus que certains invités connaissaient l'identité du jeune homme. Léana se demandait pourtant pourquoi ils étaient la cible de tant d'attention, mais elle en restait flattée et préférait tout de même se concentrer sur son beau cavalier et profiter de la soirée. Pourtant, il commençait à se faire tard et elle s'inquiétait de ne pas avoir revu sa sœur aînée depuis un bon moment.

Elle jeta un coup d'œil à travers les baies vitrées, en direction des jardins, mais il semblait que tous les invités étaient rentrés pour se protéger de la fraîcheur nocturne, sa sœur avec eux. Léana tourna alors son attention du côté du buffet et elle la découvrit en train de s'empiffrer de hors-d'œuvre en tout genre. Mélody rencontra le regard de sa sœur et, se sentant jugée, s'empressa d'avaler ce qu'il restait dans sa bouche et effaça les dernières preuves de sa gourmandise. Même si cette soirée ne représentait pas grand-chose pour elle, elle ne voulait pas être une source de honte pour Léana qui y accordait beaucoup d'importance. Surtout que sa sœur était accompagnée d'un charmant jeune homme, peut-être même son futur beau-frère.

Pourtant, les quelques traits du visage du bel inconnu lui semblèrent familiers, mais il lui était impossible de remettre un nom sur cette tête.

-    Te voilà enfin ! Il faut que je te présente quelqu'un ! s'écria Léana en souriant.

Chapitre 6 – Contemplation

Lysandre passait lui aussi une merveilleuse soirée. Son stratagème avait fonctionné à la perfection : l'idée des masques lui avait permis de profiter de la fête sans être sans cesse agrippé par une horde de jeunes demoiselles qui n'aspiraient qu'à une seule chose : se trouver un parti convenable. Et le fils du gouverneur représentait le saint Graal de ces jeunes filles en chasse.

Car c'était bel et bien le but de ces bals, même si celui du gouverneur avait été donné spécialement pour son fils, tous ses amis étaient également à la recherche de jeunes filles de bonnes familles qui leur donneraient une ribambelle d'héritiers, mâles de préférence.

Lysandre, même masqué, avait tout pour faire chavirer les cœurs et il le savait. Son costume queue-de-pie noir sur mesure et son haut de forme le rendaient très élégant. Il avait hérité des cheveux blond doré de sa mère et également de ses yeux, son regard azur intense hypnotisait toutes les jeunes filles sur son passage. Il n'hésitait jamais un seul instant à utiliser ses charmes pour obtenir ce qu'il désirait.

Le jeune homme avait passé un moment à discuter avec ses amis et les collaborateurs de son père, en se montrant son digne héritier, puis s'était promené dans le grand hall. Lysandre s'était présenté à de nombreuses demoiselles et leur avait donné un aperçu de ses compétences de danseur hors pair sur les airs joués par l'orchestre. Tout était divinement parfait, même si ces jeunes femmes avec qui il passait son temps lui paraissaient toujours un peu fades, toujours les mêmes, sans aucune originalité.

Jusqu'à ce qu'il la bouscule.

Perdu dans ses pensées, le fils du gouverneur déambulait dans la salle et n'avait pas vu qu'une jeune fille se trouvait sur son passage, devant la grande baie vitrée. Lorsqu'elle bougea d'un mouvement qu'elle n'aurait pas voulu aussi vif, ils se percutèrent tous deux violemment et finirent leur course les fesses par terre.

Lysandre se releva vivement puis, en parfait gentleman, s'empressa d'offrir son aide à la malheureuse qui accepta cette main secourable. C'était une jeune fille parfaitement charmante. Sa robe rouge intense lui donnait l'air d'une fleur et ses boucles blondes encadraient un visage angélique magnifié par un soupçon de maquillage, tout en restant très naturel. Son air confus et ses excuses maladroites avaient fait sourire Lysandre, qui essaya de la mettre à l'aise.

Ils discutèrent ainsi un long moment. Le jeune homme laissait surtout sa nouvelle amie parler d'elle et de sa vie de serveuse au Shift, grand restaurant qu'il connaissait très bien, mais en tant que client. Il lui sembla en effet reconnaître certains des traits de la jeune fille qui n'étaient pas dissimulés par son masque écarlate et se surprit de ne pas avoir remarqué cette jolie fleur plus tôt. Il devait certainement être trop occupé à discuter avec sa famille et les collaborateurs de son père plutôt qu'à lorgner les serveuses et s'en félicita, car ce n'était pas le cas de tout le monde dans ce milieu.

La jeune fille fut heureuse de suivre les pas de son cavalier quand celui-ci décida de l'inviter sur la piste de danse, car elle venait de lui confier qu'elle écumait les auditions pour devenir elle-même danseuse. Elle se laissait porter par Lysandre et par la musique et semblait prendre autant de plaisir que lui pendant cette soirée.

Ainsi se jura-t-il de lui demander son nom à la fin de la fête pour pouvoir la revoir et, peut-être, entamer une relation plus durable que ses dernières idylles. La jeune fille serait certainement d'accord, même en ne connaissant pas encore l'identité de son prétendant, au vu de son immense sourire dans ses bras et de sa modeste situation.

Puis il la vit, elle.

Sa charmante cavalière insista pour lui présenter sa sœur aînée qui l'avait accompagnée. D'après ce qu'il avait compris de la jeune fille, les deux sœurs étaient très proches, d'autant plus qu'elles avaient été privées de leur mère alors qu'elles étaient encore jeunes. Son aînée était donc très importante à ses yeux. Après quelques recherches dans la salle, la blonde aperçut sa sœur du côté du buffet qu'elle semblait affectionner tout particulièrement. La jeune femme, vêtue d'une robe bleu intense, se redressa vivement dès qu'elle les vit s'approcher, stoppant nette sa dégustation de mignardises. Son air à la fois coupable et espiègle la faisait ressembler à une enfant que l'on venait de prendre en train de faire une bêtise.

- Te voilà enfin ! Il faut que je te présente quelqu'un ! dit sa nouvelle amie en souriant. Je vous présente ma sœur, M...

Prise dans son enthousiasme, la plus jeune oublia un instant la règle de la soirée puis se reprit avant de faire une erreur en dévoilant le nom de sa sœur. De plus près, Lysandre put mieux distinguer les formes de la jeune fille, son visage, et son cœur rata un battement.

Sa robe mettait parfaitement en valeur la pâleur de sa peau ainsi que les courbes de sa silhouette, de son corset qui ceignait sa taille fine et remontait sa poitrine. Le bas de la robe moulait ses hanches pour s'évaser plus vers le bas, laissant visibles ses chevilles et ses chaussures à talon assorties qui semblaient la faire souffrir. De longs cheveux bruns lâches, ornés seulement de quelques fines tresses se rejoignant à l'arrière de sa tête, entouraient son visage aux traits fins dans lequel scintillaient deux perles vert émeraude.

Il ne connaissait pas cette jeune fille, mais en avait pourtant l'étrange impression. Elle possédait une beauté sans précédent. Et ce qui la rendait irrésistible à ses yeux, c'était qu'elle ne semblait pas en avoir conscience.

Ils se dévisagèrent tous deux un moment, sans rien dire. Sa compagne à la robe écarlate brisa donc un silence pesant en interpellant sa grande sœur.

- Bah alors, sœurette, dis quelque chose ?

L'intéressée tressaillit, comme sortie de sa torpeur. Elle reprit une contenance puis bredouilla un semblant de conversation.

- Bonsoir, monsieur. Enchantée de faire votre connaissance.

Le ton était mécanique, automatique, sans intonation, comme s'il s'agissait d'une machine. Lysandre enchaîna sur ces paroles.

- Tout le plaisir est pour moi ! reprit-il en lui offrant son plus beau sourire et en la fixant de son regard bleu intense. Votre sœur m'a déjà un petit peu parlé de vous, mais il me tarde de vous connaître mieux.

Il lui offrit un baisemain très protocolaire pendant que sa cavalière jubilait de les voir s'entendre. Mais le jeune homme n'avait désormais plus d'yeux que pour la sœur aînée qu'il fixait toujours de son regard enjôleur, délaissant totalement le fruit rouge à ses côtés.

- Ah, euh... C'est vraiment dommage, car nous devons y aller, ma sœur et moi, l'interrompit Mélody pour se soustraire à ce contact. C'est que nous avons du travail, demain !

La brune attrapa vivement la blonde par le bras et s'éloigna d'un pas vif, essayant de semer le jeune homme à leurs trousses. Mais Lysandre ne pouvait pas la laisser s'en aller de la sorte. Il fallait qu'il apprenne son nom, son adresse, qu'il sache qui elle était... Il voulait absolument la revoir.

Mais les deux sœurs étaient déjà loin. Aussi se mit-il à leur poursuite à travers les immenses jardins de la propriété.

Ce n'était pas possible. Sur tous les hommes du dôme, il fallait que ce soit lui.

Mélody n'avait pas reconnu tout de suite le gentleman au bras duquel sa jeune sœur était pendue, mais dès qu'ils s'approchèrent, son sang ne fit qu'un tour. Ces cheveux blond brillant, ces yeux bleu perçants... c'était bel et bien son dernier client de l'après-midi, celui qui s'était montré particulièrement désagréable devant le planning surbooké du garage Pane. Et il fallait que Léana s'amourache de cette enflure.

Car Mélody connaissait ce regard, celui que sa sœur jetait avidement sur le jeune homme. Bien plus que charmée, elle était totalement envoûtée par ce bellâtre, car elle devait bien reconnaître qu'il était beau garçon. Léana était coutumière du fait, elle tombait bien trop facilement amoureuse et le plus souvent de garçons qui prenaient bien peu soin d'elle. Aux termes de ces idylles vouées à l'échec, elle terminait au trente sixième dessous et Mélody s'occupait d'elle comme elle le pouvait, jouant le rôle de grande sœur et de maman à la fois. Il fallait pourtant qu'elle brise le silence gênant qui venait de s'installer entre eux trois.

- Bonjour, monsieur. Enchantée de faire votre connaissance, arriva-t-elle à bredouiller en reprenant une contenance.

Ses yeux azur s'étaient rivés aux siens et ne la lâchaient pas une seconde. Mélody se sentait terriblement mal à l'aise. D'une part, elle ne savait pas comment réagir, elle ne voulait pas perdre la face devant ce jeune homme, aussi avenant en cet instant qu'il avait été discourtois quelques heures auparavant. Elle devait se méfier de lui, car ce genre de jeune premier était capable de faire perdre la tête à sa sœur, et de la laisser pour une moins que rien après s'être amusé avec elle. Après tout, les deux sœurs ne venaient pas d'une riche famille. Le principe des masques était une belle mascarade pour que les jeunes filles des milieux modestes se croient les égales des aristocrates en cette soirée. Mais la réalité aurait tôt fait de les rattraper quand sonneraient les douze coups de minuit.

- Tout le plaisir est pour moi ! répondit-il en lui offrant un sourire charmeur.

Elle n'avait pas écouté la fin de la phrase, car le ton de sa voix venait de confirmer toutes ses craintes. Malgré ses tournures de phrases tout à fait charmantes, sa voix envoûtante et ses manières de gentleman, elle ne voulait pas laisser sa jeune sœur dans les bras de ce grossier personnage.

Certes, elle ne l'avait vu qu'une seule fois, et tout le monde pouvait très bien avoir ses moments de mauvaise humeur. Mais Mélody ressentait tout de même au fond d'elle ce mauvais pressentiment qui lui intimait de fuir le plus rapidement possible et de protéger Léana.

Au moment où le jeune homme posa délicatement ses lèvres sur le dos de sa main, Mélody tressaillit. Il fallait absolument qu'elle sorte sa sœur des griffes de ce gentleman beaucoup trop beau pour être vrai. Parce que même si cela lui faisait du mal de le reconnaître, même masqué, elle ne pouvait le trouver que terriblement séduisant. Mais il ne fallait pas qu'elle se laisse amadouer.

Il lui fallait trouver une issue. Et vite.

- ... Il me tarde de vous connaître un peu mieux.

Ce fut les derniers mots qu'elle entendit sortir de ses lèvres. Un demi-plan d'évasion en tête, échafaudé en quelques secondes, elle décida de couper court à ces présentations.

- Ah, euh... C'est vraiment dommage, car nous devons y aller, ma sœur et moi, l'interrompit-elle en affichant un sourire forcé. C'est que nous avons du travail, demain !

Elle avait voulu se montrer digne, soulevant bien le fait qu'elle-même et sa sœur gagnaient leurs vies à la sueur de leur front et non en étant comme lui héritières d'une grande famille.

Mélody agrippa sa sœur par le bras et commença à l'entraîner vivement à travers les couloirs, puis dans les jardins. Elle extirpa également le téléphone de sa pochette et composa rapidement le numéro de son père.

- Salut Mélo, ça se passe bien ? entendit-elle à l'autre bout du fil. Ne me dis pas que tu veux déjà rentrer !

- Salut Papa ! À vrai dire, je ne me sens pas très bien, et je crois bien que Léana a un peu abusé sur la boisson, mentit-elle. Tu peux venir nous chercher, s'il te plaît ?

- Ah... dit-il un peu déçu. Très bien, j'arrive !

Il raccrocha. Mélody savait que son père allait mettre un peu de temps à arriver, ainsi aurait-elle le temps de tout expliquer à Léana une fois devant la résidence. Elle espérait qu'elle comprendrait, même si elle devait déjà certainement lui en vouloir à mort. Sa jeune sœur s'agitait et tentait de se libérer, s'énervant contre son aînée, mais en vain. Elle la tenait bien trop fermement contre elle.

- Attendez, Mesdemoiselles ! Attendez !

En se retournant rapidement, Mélody vit avec horreur que le joli cœur était déjà à leur poursuite, à seulement quelques dizaines de mètres. Décidément, il ne lâcherait jamais l'affaire. Elle accéléra, traînant toujours sa sœur derrière elle, et décida enfin d'abandonner dans l'herbe ses belles chaussures à talon afin de courir bien plus aisément.

Devant elle se dessinait enfin les grandes arabesques du portail en fer forgé, mais aucune voiture à l'horizon. Profitant d'un virage qui les dissimulerait temporairement à leur poursuivant, Mélody décida de se cacher à l'intérieur d'un imposant bosquet d'arbres. L'obscurité était sa meilleure alliée, mais le silence était troublé par les vociférations de Léana.

- Mais qu'est-ce que tu fabriques, enfin ? fulminait-elle. C'était lui, je le sais ! Mon prince charmant, mon futur mari ! Tu as tout fichu en l'air !

- C'est ce que tu dis à chaque fois que tu rencontres un garçon, alors un de plus...

- Mais celui-ci est différent ! Il est prévenant, attentif, intéressant, et qu'est-ce qu'il danse bien ! continua-t-elle en se calmant.

Des étoiles naissaient petit à petit dans ses yeux. Ceux de Mélody se levèrent en direction du ciel.

- Chut, il arrive, intima-t-elle à la plus jeune.

En effet, le jeune homme parvint à leur niveau, mais il ne les vit pas et continua sa route en direction du portail pour poursuivre ses recherches. Ne voyant personne, il se dirigea vers la petite cabane où se trouvaient toujours le majordome et les deux vigiles qui les avaient accueillies. Il devait certainement les interroger sur leur compte.

- C'est ridicule ! reprit Léana. Je vais le rejoindre et tenter de lui fournir quelques explications sur ton comportement indécent !

La blonde fit mine de se relever, mais Mélody fut plus rapide qu'elle et l'attira vivement contre elle. Un peu trop vivement d'ailleurs, puisque sa sœur tomba en arrière et percuta violemment sa tête contre le tronc de l'arbre juste derrière. Inconsciente, elle atterrit dans l'herbe humide dans un son étouffé, mais le bruit du choc contre l'écorce avait bien entendu fait se retourner les quatre hommes qui se trouvaient vers le portail. Ils regardèrent insidieusement dans l'obscurité, à la recherche d'éventuels intrus ou des belles disparues.

- Il ne manquait plus que ça ! chuchota Mélody.

Un bruit de moteur retentit au loin, reconnaissable entre mille. Simon allait arriver d'une minute à l'autre. Mélody devait se tenir prête à quitter sa cachette et à rejoindre la route le plus vite possible, tout en portant le poids mort qu'était devenue sa sœur.

Alors que le jeune homme regardait toujours dans leur direction, la voiture de Simon apparut devant la grille. Mélody attrapa sa sœur par la taille et la positionna sur son épaule, lui promettant de lui rappeler de se mettre au régime elle aussi.

Puis elle s'élança.

Jamais elle n'aurait cru courir aussi vite de sa vie. Il lui fallait dévaler une pente herbeuse, puis quelques mètres afin de rejoindre le chemin pavé et enfin la route, et le tout pieds nus.

Son poursuivant la vit arriver vers lui comme une trombe et ne comprit pas tout de suite ce qui lui arrivait. Ce moment de confusion permit à la jeune fille d'atteindre la voiture de son père avant même qu'il n'en descende. Elle déposa sa sœur sans aucune douceur sur le siège arrière et prit place à l'avant. Son sac entrouvert où elle avait glissé son téléphone se déchargea d'un poids sans qu'elle s'en rende compte.

- Démarre ! hurla-t-elle à son père.

Malgré son incompréhension, Simon s'exécuta et accéléra même lorsqu'il s'aperçut qu'ils étaient toujours poursuivis. Mais malgré son grand âge, la voiture parvint rapidement à semer ses poursuivants.

Il n'y avait plus aucune trace du passage des deux jeunes filles. À part une paire de talons aiguilles, quelque part dans les jardins, comme dans un conte de fées.

Et là où la belle avait disparu, un petit objet brillait sur le sol.

Un tournevis.

Chapitre 8 – Explication

- Comment as-tu pu me faire ça ?

Le lendemain, dès son réveil, Léana fulminait. La veille, elle n'avait pas repris connaissance depuis sa collision avec le tronc d'arbre dans les jardins et n'était sortie de sa torpeur qu'au matin. Mais au petit déjeuner, elle s'énervait déjà vivement contre sa sœur pour le traitement déplorable qu'elle lui avait fait subir à la fin de la soirée.

Mélody, toujours en pyjama et la moitié d'une tartine beurrée encore dans la bouche, bascula la tête sur le côté d'un air incrédule.

- Mais de quoi tu parles ?

Pour elle, l'affaire était close. Elle avait sauvé sa petite sœur des griffes d'un vil personnage qui ne faisait que profiter de sa fortune et de ses charmes pour faire tomber des jeunes filles de condition modeste dans ses filets. Et tout ça pour au final leur briser le cœur en dévoilant sa vraie nature. Mélody savait qu'elle avait bien fait, et que de toute façon Léana retrouverait rapidement un autre bellâtre pour oublier celui-ci, comme toujours.

- Cette fuite, ce... Je ne sais comment qualifier ce qui s'est passé hier soir. Ce gentleman était parfait, galant, attentionné, audacieux. À aucun moment il ne s'est vanté de quoi que ce soit ! J'ai passé une soirée absolument merveilleuse à ses côtés. Et toi, en quelques instants, tu as tout gâché en nous faisant partir comme des malpropres ! Si tu savais comme je te déteste !

De chaudes larmes coulaient sur ses joues et ses yeux avaient rougi pendant qu'elle s'énervait. Elle jeta de rage le petit déjeuner de sa sœur à travers la cuisine, lui laissant seulement sa tartine entre les mains.

Simon, quant à lui, ne comprenait toujours pas ce qui se passait. Ses yeux allaient et venaient entre ses deux filles sans trouver la moindre information.

Mélody rassembla ses forces, avala sa dernière bouchée, respira profondément et se redressa. Elle planta ses yeux dans ceux de sa sœur, bien décidée à lui dire ses quatre vérités.

- Bon, alors maintenant tu vas t'asseoir et tu vas me laisser t'expliquer, dit-elle d'un ton autoritaire.

Léana prit ces paroles comme une gifle, puis se plaça doucement sur une chaise en face d'elle. Ses yeux toujours bouffis foudroyaient sa sœur du regard même si elle semblait prête à écouter ses justifications.

- Ton gentleman, que tu aimes tant, est venu hier au garage pour que je répare son véhicule qui, soit dit en passant, malgré son apparence rutilante, n'avait pas eu une bonne révision depuis au moins des siècles. Alors pour quelqu'un de prévenant, on repassera. Alors que je lui expliquais que, non, je ne possédais pas une baguette magique pour réparer en un seul geste toutes les machines, et que donc il devrait attendre au moins deux jours, il m'a fait une scène pas croyable, digne d'un gamin pourri gâté de huit ans ! Et je ne parle pas de son cruel manque de politesse. Charmant, tu parles ! Enfin bref, ce bellâtre est seulement un fils à papa en mal d'une énième relation éphémère, et tu n'es qu'une fille parmi tant d'autres qu'il aurait voulu arborer sur son tableau de chasse. Tu devrais plutôt me remercier de t'avoir retirée de ses sales pattes !

Mélody avait parlé d'une traite, sans interruption. Son ton acerbe montrait bien la fatigue, mais aussi le désespoir de voir sa sœur se comporter de la sorte, s'énervant pour un garçon qui n'en valait même pas la peine. Elle se tut, reprit sa place à table et attendit que Léana reprenne la parole.

Au bout de quelques instants, la plus jeune sœur brisa le silence en explosant de plus belle.

- Et qu'est-ce que tu en sais ? Tu ne l'as vu qu'une seule fois !

- Parce que tu l'as vu plus souvent, peut-être ?

- Et c'est certainement toi qui t'es mal comportée avec ce client, avec ton caractère de cochon et tes manières d'homme des cavernes ! tacla la plus jeune.

-	Excuse-moi de vouloir faire ma vie autrement qu'aux crochets d'un mari héritier pédant et discourtois et de ne pas me leurrer avec des rêves inaccessibles !

-	Et ton Académie Mélusianne, on en parle ? Ça fait combien de fois que tu rates ce stupide examen d'entrée ? Hein ?

-	On peut aussi parler de toutes tes auditions où les producteurs devaient te rappeler, et où tu campais devant le téléphone sans que personne ne veuille de toi !

-	Les filles, ça suffit !

Simon avait mis fin à cette joute verbale. Il avait l'impression que ses filles avaient régressé d'une bonne dizaine d'années et se disputaient comme dans leur enfance pour un jouet ou pour n'importe quelle autre chose digne de peu d'intérêt. Et ce qu'il détestait par-dessus tout, c'était qu'elles dénigrent leurs rêves respectifs. Il savait qu'elles ne pensaient pas ce qu'elles disaient, mais des paroles proférées sur le ton de l'énervement pouvaient blesser tout autant l'une comme l'autre.

-	Tout d'abord, vous allez m'expliquer ce qui s'est passé hier soir, reprit-il sur un ton posé. Puis nous pourrons en discuter tous les trois. Et calmement.

Elles s'empressèrent toutes les deux de raconter leur version des faits, mélangeant le cours des évènements, se coupant la parole et s'injuriant par moment. Simon s'empressait toujours de recadrer directement les deux jeunes filles.

Puis il réfléchit, analysant, pesant le pour et le contre de chaque version, avant de reprendre la parole.

-	Léana, ta sœur a toujours veillé sur toi, elle a voulu te protéger, ne le lui reproche pas. Mais je dois reconnaître que ta méthode, Mélody, n'est pas non plus un exemple de délicatesse. Tu aurais dû réfléchir à ce que voulait ta sœur, car, comme elle l'a dit, nous ne connaissons pas ce jeune homme, ni toi, ni elle, ni moi. Malgré toutes tes bonnes intentions, il peut très bien s'agir d'une personne charmante, que tu as rencontrée alors qu'il était de mauvaise humeur. Cela peut arriver à tout le monde.

Léana commença à tirer la langue à sa sœur, se croyant vainqueur de cet échange.

- En revanche, je crois savoir de qui il s'agit, et la situation va être plutôt compliquée à gérer...

Malgré leurs différends, les deux filles se regardèrent, incrédules, puis se tournèrent vers leur père.

- Comment ça ? Qui est-il ? Et comment le sais-tu ? l'interrogea Mélody.

- J'ai revu les papiers que tu as faits hier, notamment ceux de ton dernier client. Et il n'est autre que Lysandre Eudon, le fils du gouverneur.

Chapitre 9 – Hésitation

Lysandre ne pensait plus qu'à cette fille. Elle l'intriguait, et bien plus que ça, elle l'obnubilait.

Premièrement, son physique était à tomber par terre et il regrettait de ne pas avoir pu faire plus ample connaissance avec elle. Et il ne comprenait toujours pas pourquoi elle avait fui à toutes jambes alors qu'ils venaient à peine d'être présentés, entraînant sa sœur dans son sillage. Sœur pour laquelle il n'avait plus aucun intérêt maintenant qu'il avait vu l'aînée, malgré les qualités qu'il lui avait trouvées.

Il ne restait de sa charmante inconnue qu'une paire d'escarpins bleus roy très peu usés et, chose plutôt étrange, un tournevis. Un unique soulier aurait pu lui permettre de retrouver la jeune fille, comme dans les contes de son enfance, mais les deux rendaient la manœuvre bien plus délicate et bien moins romantique. C'est le second objet qui l'intriguait le plus.

Qui pouvait bien transporter un tournevis dans son sac à main ? D'autant plus lors d'une telle soirée !

Il avait ramassé l'étrange objet sur le sol et l'avait conservé précieusement, l'observant sous toutes les coutures. C'était un outil des plus banals. Lui-même n'avait jamais eu l'occasion d'utiliser ce genre d'objet, des techniciens ou des robots s'occupant de tous les travaux de bricolage de la maison.

Lysandre avait pourtant profité de la fin de la soirée comme il se devait, afin de faire bonne figure devant ses parents ainsi que tous les collaborateurs de son père. Pour oublier cet incident, il avait passé la plupart de son temps aux côtés de ses amis, courtisant quelques demoiselles fades, mais sans grande motivation. La belle inconnue hantait toujours ses pensées.

Tout ce mystère la rendait encore plus irrésistible à ses yeux. Qui était-elle ? Que faisait-elle dans la vie ? Sa sœur ne lui avait pas donné beaucoup de détails, parlant seulement de son travail au Shift, de sa passion pour la danse et de son admiration pour le lieu et la soirée. Et elle était bien plus occupée à le regarder lui, se noyant dans ses beaux yeux bleus, alors que la brune s'était montrée bien moins docile en se dérobant dès le premier regard. Peut-être était-ce cela qui le mettait dans tous ses états.

Lorsqu'il alla enfin se coucher, il déposa sa précieuse relique à côté de lui, sur sa table de chevet, veillant précieusement dessus. Tous ses rêves étaient tournés vers cette mystérieuse jeune fille au sprint extraordinaire.

À son réveil, le petit tournevis n'était plus là où il l'avait laissé. Son sang ne fit qu'un tour dans ses veines et Lysandre se mit nerveusement à la recherche du seul objet qui le rattachait encore à la belle inconnue. Il le retrouva enfin, soulagé. L'outil avait sans doute profité d'un coup de vent ou d'un mouvement brusque du jeune homme pour se glisser sous son lit. Lysandre, allongé sur son matelas, le contempla encore et encore avant de sortir enfin de son lit pour vaquer à ses obligations quotidiennes.

Les vapeurs de l'alcool le faisaient encore souffrir, aussi prit-il un médicament avant de revêtir sa tenue de tous les jours. Une redingote noire, un pantalon de la même couleur et son haut de forme préféré, avant de sortir de sa chambre. La matinée était déjà bien avancée, il avait prévu qu'il se lèverait tard après la soirée, aussi avait-il rendez-vous à ce moment exact avec son père dans la grande bibliothèque de la demeure.

Lysandre était devenu un jeune homme cultivé et intelligent, il n'avait plus besoin de précepteur, mais son père tenait à le voir régulièrement pour discuter seul à seul des affaires du dôme, à recevoir son avis pour juger de sa capacité à prendre un jour sa suite.

Sauf qu'aujourd'hui, le jeune homme le savait, la discussion ne tournerait pas autour de politique.

Bayron était déjà dans la bibliothèque lorsque son fils entra dans la grande salle. Il consultait un épais volume sur la géographie d'avant la dernière guerre nucléaire, rare vestige de temps oubliés, satisfaisant son âme d'historien. Les étagères étaient remplies de ces ouvrages anciens, d'origine ou non, symbole d'un passé que beaucoup trop de monde oubliait petit à petit.

Quand il vit son fils arriver, ses yeux bleus s'emplirent de malice et il l'accueillit chaleureusement.

- Alors, bien dormi ? s'amusa-t-il. As-tu rêvé de la future Madame Eudon ?

Lysandre se renfrogna, mais restait toujours très honnête avec son père.

- Oui, enfin, plus ou moins...

Il resta plutôt évasif, ce qui piqua au vif la curiosité de Bayron.

- Comment ça ? Je t'ai vu accompagné d'une jeune femme blonde avec une magnifique robe rouge, hier soir. Vous sembliez vous entendre, et la petite semblait aux anges !

- C'est plus compliqué que cela.

Son fils lui raconta alors toute l'histoire des deux jeunes filles qu'il avait rencontrées, d'abord la demoiselle en rouge qui lui paraissait charmante, mais qui avait bien vite été éclipsée par sa sœur aînée aux cheveux bruns. Puis il narra la fuite épique de ces dernières, ainsi que la scène rocambolesque devant le portail.

- Je ne connais même pas son nom, fit Lysandre la mine déconfite. Tout ce qu'elle a laissé, ce sont ses chaussures pour mieux prendre ses jambes à son cou. Et puis ceci.

Le tournevis ne le quittait plus, il l'avait conservé dans la poche de sa veste. Quand il le dévoila à son père, celui-ci manqua d'éclater de rire.

- Et bien, elle a bon dos, ta Cendrillon !

- Merci de ton soutien, père, dit Lysandre, vexé.

- Calme-toi, je ne voulais pas te blesser. Mais avoue que c'est plutôt cocasse comme situation. Alors, je suppose que nous devons rechercher une mécanicienne dans tout le royaume ? fit Bayron en poursuivant sur son train d'humour.

Une mécanicienne ? L'image de la jeune fille qui l'avait reçu au garage la veille, les joues mâchurées de graisse et de poussière, ses lunettes de protection tombant lâchement sur ses yeux et sa tenue de travail trop grande pour elle, lui traversa l'esprit. Non, cela ne pouvait pas être cette fille, il l'aurait reconnue. Et puis elle s'était comportée avec si peu de professionnalisme qu'il ne pouvait pas s'agir de la même personne, elle n'aurait jamais pu être si belle lors de ce bal. Elle n'aurait même pas pris la peine de se déplacer, malgré l'invitation lancée à toutes les jeunes filles du pays.

-    Je n'en sais rien, fit-il enfin. Je me vois mal envoyer des avis de recherche dans tout le dôme avec cette seule information. D'autant plus que ce serait ridicule.

-    Nous en discuterons avec ta mère, trancha Bayron. Elle aura peut-être une idée. Nous devons nous mettre en route, nous avons un déjeuner avec des ministres dans à peine une demi-heure, et ces gens ont horreur d'attendre !

-    Très bien.

Il lui rendit le tournevis qui regagna sa place dans la poche intérieure de la veste de Lysandre, tout contre son cœur. Le contact de l'outil à travers ses vêtements redonna du courage au jeune homme.

-    Père ?

-    Oui ?

-    Il faut absolument que nous retrouvions cette fille.

Chapitre 10 – Confrontation

- Ça veut dire qu'il va venir aujourd'hui ! Je suis tellement heureuse !

En effet, c'était deux jours après le bal que le fils du gouverneur devait venir chercher son véhicule au garage Pane. Quand elle l'avait su, Léana avait bondi de joie. C'était comme si le ciel lui envoyait un signe, comme s'il était bel et bien l'homme de sa vie, qu'il viendrait la chercher, elle. On lui offrait une nouvelle chance de le revoir, elle n'allait certainement pas la laisser filer !

Mélody était bien moins enjouée de cette visite, s'attendant une nouvelle fois à des échanges agressifs. Aussi laissa-t-elle avec plaisir à sa jeune sœur le soin d'accueillir ce client difficile, tout en gardant un œil sur la jouvencelle. Et de toute façon, elle était bien assez occupée à réparer une machine agricole qu'on lui avait apportée dans un état déplorable.

Lorsque le fils du gouverneur entra dans le hangar, c'était comme si son humeur redevenait celle de leur première rencontre, alors qu'il sermonnait avec vivacité la mécanicienne. Il ne prit même pas la peine de saluer la jeune fille blonde devant lui.

- Mon véhicule, s'il vous plaît, dit-il d'un ton monocorde, cette seule marque de politesse lui arrachant presque la langue.

- Tout de suite, Monsieur Eudon, fit Léana toujours avec son immense sourire.

Elle alla chercher ses clés et l'accompagna, cherchant désespérément à ce que le jeune homme pose enfin les yeux sur elle. Mais Lysandre était bien trop occupé à consulter son téléphone portable personnel, un autre des symboles de la richesse de sa famille.

- Tenez, tout est en ordre, et la révision a été terminée ce matin même par ma sœur.

- Très bien, je vous remercie, continua-t-il toujours sans aucune intonation.

Léana était quelque peu désarçonnée par ce cruel manque de courtoisie, mais décida d'entrer directement dans le vif du sujet

- Et sinon, votre soirée masquée, s'est-elle passée comme vous le souhaitiez ? questionna la jeune fille innocemment.

Lysandre commença par hausser les épaules, ne prêtant pas plus attention à Léana. Il n'avait pas l'intention de s'attarder plus longtemps dans cet entrepôt, et la jeune fille qui s'occupait de lui semblait beaucoup trop bavarde à son goût.

- Parce que, nous sommes vraiment désolées de vous avoir fait faux bond l'autre soir... reprit-elle.

Le jeune homme ne l'écoutait qu'à moitié, mais à l'évocation qu'avait faite la jeune fille, son cerveau tilta instantanément.

- Vous voulez dire... Que c'était vous, avec votre sœur, qui êtes parties comme ça, d'un coup ?

Léana jubilait de le voir ainsi surpris, de l'avoir enfin retrouvé. C'était lui, elle en était certaine, qui l'aimerait jusqu'à la fin de ses jours.

- Oui, c'était bien nous, répondit-elle en lui offrant son sourire le plus éclatant. Je vous prie d'excuser ma sœur, nous avons dû quitter votre somptueuse fête, car elle souffrait d'une indigestion, mentit-elle pour se justifier.

Lysandre n'en revenait pas. À peine avait-il décidé de se mettre à la recherche de la mystérieuse jeune fille qu'il rencontrait sa sœur, par hasard, celle qu'il avait courtisée et qui l'avait finalement présenté à la fille de ses rêves. Pourtant, au fond de lui, il avait un mauvais pressentiment.

- Je vois... Et donc, où est votre sœur ? Habite-t-elle avec vous ? demanda-t-il en ne faisant plus vraiment attention à la blonde.

- Mélody ? Elle est juste là-bas, répondit Léana en indiquant la brune dans le fond du hangar. Mais elle est débordée, et je pense que son travail ne doit pas beaucoup vous intéresser, tenta-t-elle de le détourner.

Lorsqu'il l'aperçut enfin, tout son corps se figea et son cœur s'arrêta de battre un instant. La jeune fille était penchée à l'intérieur de la machine agricole, on ne voyait que ses fesses et ses jambes dépasser de la carcasse de métal. Elle était vêtue d'une combinaison de travail bleue sur laquelle étaient parsemées quelques traces de cambouis. Malgré la réputation habituellement disgracieuse du vêtement, il laissait entrevoir les formes de la jeune fille. Lysandre la voyait bouger, elle devait peiner à démonter un des éléments de l'imposante machine. Quand elle s'extirpa de l'engin, le visage poussiéreux, elle essuya ses mains contre la combinaison qu'elle portait les manches nouées à la taille. Son buste était seulement habillé d'un débardeur noir mettant discrètement en valeur son décolleté. Ses cheveux bruns étaient ramenés en une longue tresse lui arrivant en bas du dos et quelques mèches rebelles s'échappaient de sa coiffure.

C'était bien elle. La jeune demoiselle qu'il avait vue lors de la soirée se dérober à son contact. Mais c'était aussi la mécanicienne qui l'avait si mal reçu quelques heures avant la réception. Il la reconnaissait enfin, malgré ses tenues totalement différentes.

Mélody se redressa et jeta un œil dans leur direction. Quand elle s'aperçut que le fils du gouverneur se trouvait aux côtés de sa sœur, elle attarda son regard sur eux afin de s'assurer que le jeune homme n'importunait pas Léana. Le sourire qu'affichait la blonde confirma ses doutes, elle était toujours raide dingue de cet éphèbe. Mélody vit que Lysandre la fixait, elle décida alors de soutenir son regard sans se laisser déstabiliser.

Le jeune homme était élégant, c'était indéniable. Ses cheveux blonds bien coiffés étaient bien moins gominés que lors du bal, ce qui le rendait bien plus naturel. Son regard bleu azur semblait s'insinuer à l'intérieur de l'âme de la jeune fille, ce qui commençait à la rendre mal à l'aise. Il était vêtu d'une impeccable redingote et Mélody voyait ses mains gantées se crisper petit à petit sur le pommeau de sa canne, simple élément d'apparat, car il n'en avait pas eu besoin la veille.

Ce face-à-face dura tant que la brune décida d'aller directement se confronter à son client. Elle s'approcha d'eux, resserrant le nœud des manches de sa combinaison, et s'arrêta juste devant lui.

- Bonjour monsieur, commença-t-elle sur un ton poli, mais acerbe.

Un problème avec votre véhicule ? demanda-t-elle en s'attendant à ce qu'il repique une crise comme la veille.

Lysandre fut pris au dépourvu devant l'assurance de la jeune fille. Il tenta de reprendre une contenance avant de répondre.

- N... Non, finit-il par bredouiller.

Mélody ne répondit rien, s'amusant de voir le fils du gouverneur ainsi déstabilisé, mais il profita de ce silence pour reprendre du poil de la bête.

- Je ne vous remercie pas, dit-il enfin en faisant face à la jeune fille. Comptez sur moi pour prôner votre manque de professionnalisme à toutes mes connaissances !

Non, mais, pour qui se prenait-elle ? Malgré son incroyable et inexplicable attirance pour cette mécanicienne, Lysandre n'allait tout de même pas se laisser traiter de la sorte. Mais le pire, c'est qu'il semblait apprécier ces échanges piquants, si différents de ses autres relations.

Ce fut au tour de Mélody d'être désarçonnée, mais son caractère bien trempé reprit rapidement le dessus.

- Nous n'avons que faire de votre mauvaise publicité, railla-t-elle. Notre réputation n'est plus à faire sous le dôme 348 et ailleurs, alors je vous prie de m'excuser, mais j'ai encore du travail !

Elle se retourna et se dirigea vers la machine qu'elle réparait quelques instants plus tôt, n'accordant plus aucune attention à son client et à sa sœur, replongeant dans les profondeurs de la mécanique.

- Comment osez-vous ? fulmina Lysandre. Savez-vous au moins qui je suis ?

Mélody ne prit même pas la peine de se redresser pour répondre. Sa voix résonnait contre le métal.

- Je sais très bien qui vous êtes, et cela ne changera strictement rien.

Elle sourit, mais personne ne pouvait le savoir. Lysandre restait là, vexé. Il arracha ses clés des mains de Léana et prit place à l'intérieur de son véhicule. La blonde ne comprit pas le comportement du jeune homme et son sourire s'effaça instantanément, voyant son futur époux fuir comme elles l'avaient fui deux jours plus tôt.

Chapitre 11 – Tergiversation

- Une mécanicienne ?! Mais tu n'y penses même pas !

Abygaïl ne pouvait pas croire ce qu'elle venait d'entendre. Elle était attablée avec son époux et son fils dans la grande salle à manger de la demeure Eudon. Une ribambelle de robots cuivrés à forme humaine se suivaient afin de servir le repas à leur propriétaire, le tout orchestré au millimètre près. Pendant qu'ils mangeaient, Lysandre lui avait raconté le déroulement de sa soirée de la veille ainsi que la journée qu'il venait de vivre. La nouvelle que son fils venait de lui annoncer la consternait.

- Je sais, mère, je dois vous avouer que moi-même je ne me l'explique pas. Mais cette jeune femme est tellement... différente.

Mélody l'intriguait. Il ne savait pas s'il l'aimait ou s'il la détestait, mais toujours est-il qu'elle ne le laissait pas indifférent, chose plutôt rare. Lysandre voulait être certain de ses sentiments à son égard avant de l'exclure totalement de sa vie.

- Et tu dis qu'elle t'a mal reçu, c'est bien ça ? demanda Bayron.

Le gouverneur s'amusait de la situation de son fils. Beaucoup trop couvé et gâté par sa mère, le jeune homme ne se voyait jamais rien refuser, et sa rencontre avec la mécanicienne le décontenançait comme jamais. Finalement, le gouverneur se dit qu'il aimait bien cette jeune fille.

- Oui, elle manque cruellement de politesse et de professionnalisme. Sa jeune sœur est beaucoup plus commerçante, elle doit rattraper les mauvais pas de son aînée.

- La serveuse, c'est ça ? demanda sa mère. Et elle, elle ne te plaît pas ? Quitte à avoir une roturière en tant que belle fille, autant qu'elle soit un minimum polie !

Le ton était dur, car Abygaïl n'était pas du même avis que son fils et son mari. Pour elle, Lysandre devait épouser une femme de son rang. Elle avait même essayé d'arranger des rencontres ainsi que des fiançailles avec les jeunes filles les mieux nées du pays, tout comme l'avaient fait ses parents avec elle. Mais elle n'avait pu tenir tête longtemps à son unique enfant, qui voulait choisir lui-même son épouse, et à la bonhomie de son époux qui soutenait totalement son fils.

- Elle est charmante, mais elle ressemble à toutes les autres filles que j'ai connues... Non, je ne sais pas. Il faut que je réfléchisse à tout ça.

Comme un bal bien orchestré, le repas touchait justement à sa fin. Pendant que les androïdes s'empressaient de débarrasser le couvert, Lysandre prit congé de ses parents pour retourner à ses appartements. La nuit qui s'annonçait promettait d'être mouvementée, tant les pensées du jeune homme s'embrouillaient en tous sens. Il espérait pourtant que la nuit lui porterait conseil.

***

- Tu as encore tout gâché !

Encore une fois, Léana s'énervait contre sa sœur, lors du repas du soir. Simon, dans le rôle de l'éternel arbitre de ces deux dragons, essayait de comprendre la situation avant d'intervenir.

- Gâcher quoi ? Tu as entendu comment il nous a parlé ?

- Tu l'as provoqué !

- J'ai été très polie avec lui, répondit Mélody en tentant de garder son calme, alors que sa sœur avait déjà les yeux humides.

- Il ne reviendra jamais, c'est sûr ! C'était l'homme de ma vie, Mélody ! Tu ne comprends vraiment rien !

- Je comprends surtout que tu dis ça à propos de chaque jeune homme que tu rencontres, et qu'à chaque fois tu reviens en pleurant en disant que les hommes sont tous des salauds !

Simon reconstituait petit à petit les pièces du puzzle.

- Léana, je pense que ta sœur a tout de même raison ! Tu devrais laisser filer. C'est difficile à dire, mais le fils du gouverneur ne s'embarrasserait certainement pas d'une belle famille si modeste, avait-il tenté d'expliquer en essayant de ménager sa fille.

Cela eut l'effet inverse. Léana éclata en sanglots et quitta la table, laissant son assiette quasiment pleine.

- Vous ne comprenez vraiment rien ! Je vous déteste !

Et elle disparut au fond du couloir, claquant bruyamment la porte de sa chambre.

- Je déteste quand elle fait ça, confia Mélody à son père. On dirait une gamine de douze ans.

- On ne peut pourtant pas la changer, je le crains, ajouta Simon. J'aimerais tellement que votre mère soit encore avec nous. Elle savait tellement mieux gérer ce genre d'histoire.

- C'est sûr, fit-elle, pensive. Mais elle n'est plus là, et nous avons grandi. Il nous faut nous comporter comme des grandes personnes, Léana et moi.

- Vous serez toujours mes petites filles, termina Simon en regardant sa fille avec des yeux affectueux.

Mélody sourit timidement, car même si elle aimait profondément son père, elle n'avait jamais su comment réagir aux marques d'affection, quelles qu'elles soient. Elle déposa pourtant un baiser sur la joue de son père avant de ranger la table du dîner et de prendre elle aussi le chemin de sa chambre. Mélody espérait de tout son cœur que la nuit calmerait les esprits. Voir sa sœur dans cet état l'attristait profondément même si elle avait toujours appris à garder ses émotions pour elle.

Le lendemain serait un autre jour.

Les jours suivants, la petite vie des Pane avait repris son cours. Les clients affluaient toujours au garage, Simon et Mélody n'avaient pas une minute à eux, entre les contrôles techniques des machines et les réparations à tout va. Seule ombre au tableau, Léana ne voulait plus adresser un seul mot à sa sœur. Mélody se disait que de toute façon, tôt ou tard, cette dernière finirait bien par se calmer et à passer à autre chose, soit avec le temps, soit en tombant dans les bras d'un autre jeune homme.

La jeune mécanicienne travaillait justement sur un modèle de robot humanoïde de première génération. On voyait bien que la machine avait vécu, mais elle n'en restait pas moins en très bon état. Les propriétaires lui avaient amené puisque la garantie était déjà passée depuis des années et que la société qui développait et commercialisait ces robots, Cloud Technology, ne s'occupait plus de la maintenance de ce genre de modèle. Le travail consistait en une simple révision, mais Mélody appréciait tout particulièrement ce genre d'automate tout en finesse. À l'intérieur de la carcasse métallique se trouvait une mécanique terriblement précise digne d'un travail d'horloger.

Aussi concentrée qu'elle fût sur son ouvrage, elle n'entendit pas le téléphone sonner et son père décrocher. Ce n'est qu'à la fin de la conversation téléphonique que Simon vint vers elle pour la prévenir.

- Ma puce, ça te dirait un travail sur le terrain ? demanda-t-il à sa fille.

- Papa, tu te souviens de ce que je t'ai dit à propos des surnoms ? bougonna Mélody. Et qu'est-ce que tu sous-entends par "travail sur le terrain" ?

- Un client vient de m'appeler, poursuivit Simon, et il a plusieurs robots à faire réviser et réparer, mais ils sont beaucoup trop imposants pour qu'il puisse nous les apporter ici. Alors je lui ai proposé d'aller sur place. Et je pense qu'aller prendre l'air et t'éloigner un peu de Léana te fera le plus grand bien.

- Pourquoi pas, fit-elle. Quand as-tu pris rendez-vous ?

- Demain après-midi, je t'ai noté l'adresse sur le tableau au fond du hangar, indiqua-t-il. Tu seras reçue par M. Smith, le majordome de la maison. Toutes les informations sont sur le tableau.

- Très bien, je jetterai un coup d'oeil quand j'aurai terminé, finit-elle par dire en revenant à son travail.

- Je te laisserai les clés de la voiture aussi, pour transporter tout ton matériel, termina Simon en s'éloignant pour traiter de la paperasse.

Mélody resta songeuse. Les propriétaires de ces robots devaient être plutôt riches pour avoir des machines si imposantes qu'on ne puisse pas les transporter, et pour se permettre de faire venir les réparateurs directement chez eux. Car au vu de la rareté des voitures et du prix onéreux du carburant, le prix des réparations pouvait atteindre le double et plus encore.

Enfin, cela lui ferait toujours une petite balade, et comme l'avait suggéré son père, l'éloignerait quelques heures de sa soeur. Léana s'occupait cette semaine du service du soir au Shift, et passait donc ses journées à aider son père avec les documents au garage. À chaque fois que la brune croisait son regard, les yeux enflammés de sa jeune soeur semblaient vouloir l'assassiner sur place. Même si Mélody le cachait habilement, elle vivait très mal le fait que Léana la déteste à ce point. Elle était sa soeur, une des rares personnes qui lui restait depuis la mort de leur mère ; elles s'étaient toujours soutenues et jamais elle ne s'était comportée de manière si froide avec elle. Mélody avait peur de la perdre à cause de ces ridicules idylles juvéniles, et cela lui faisait terriblement mal.

Elle se laissa alors jusqu'à la fin de la semaine, le temps que les esprits se calment. Puis elle irait voir Léana pour lui ouvrir son coeur. Chose très rare et très difficile pour elle.

Mais avant la fin de la semaine, un grand bol d'air lui ferait le plus grand bien.

Cela faisait deux fois que Mélody se retrouvait à contrecœur devant cette haute grille de fer forgé.

Ce n'est que le matin même qu'elle s'était aperçue que quelque chose clochait. En regardant l'adresse laissée par son père, elle comprit qu'elle se situait dans la même rue que celle du gouverneur. Et pour cause, c'était bel et bien la demeure de Bayron Eudon!

Mélody redoutait de recroiser un jour le chemin de son impolie progéniture, mais se dit rapidement que ce cher fils à papa aurait certainement d'autres chats à fouetter que de venir l'importuner pendant son travail. Ainsi prit-elle une profonde inspiration avant de sonner à l'interphone, cachant ses doutes derrière un visage tout à fait professionnel.

Comme prévu, ce fut le majordome, M. Smith, qui vint chercher et accueillir la jeune technicienne dans l'immense jardin. Mélody se souvenait de la course poursuite à travers le parc et la cache dans les fourrés. Même si sur le moment l'instant avait été terriblement délicat à gérer, elle pensa alors que la scène devait être plutôt épique et la fit même rire intérieurement. Mélody espérait qu'un jour cela ferait aussi sourire sa soeur, même si ce n'était pas encore gagné.

On lui permit de rentrer la voiture relique de son père dans le garage de la maison. Le chemin jusqu'au bâtiment était donc bien plus court, mais aussi beaucoup moins douloureux avec ses confortables chaussures de travail. Pour cette réparation sur le terrain, Mélody avait échangé sa combinaison bleue avec un simple pantalon en toile brune, seyant, mais confortable, et une blouse crème d'où l'on voyait dépasser nonchalamment son éternel débardeur noir. Ses cheveux étaient ramenés en arrière en une queue de cheval haute, dégageant son visage. La jeune fille restait sobre tout en portant ses vêtements de travail manuel.

M. Smith la guida à travers le dédale de couloir et de salles dans lesquelles Mélody se souvenait avoir déambulé. Même sans les décorations et les agencements de la réception, toutes les pièces étaient richement décorées d'œuvres d'art en tout genre et de toutes les époques, certaines vestiges de temps oubliés. Curieuse, la jeune fille aurait aimé s'y attarder et en apprendre plus à leur sujet, mais l'objet de sa venue était tout autre. Elle se contenta donc de suivre M.Smith jusqu'à la salle où elle devrait travailler. Après tout, elle était là pour ça.

La pièce ressemblait à une petite salle de contrôle. Au centre trônait un immense réceptacle de forme ronde. Il était doté d'une sorte de canapé circulaire sur lequel était installée une série de six robots humanoïdes dont la moitié était de forme féminine et l'autre masculine. Un novice aurait pu les prendre pour de réels êtres humains, mais Mélody connaissait les quelques détails qui permettaient de les différencier. Deux câbles sortaient de leurs nuques et encore deux autres de leurs bassins, les reliant à l'élément central. Toutes les machines étaient inertes, les yeux fermés, immobiles comme des statues.

Mélody déposa ses affaires, composées de ses outils et de l'ordinateur portable du garage – qui, tout comme les téléphones portables, valait une fortune – sur une table dans un coin de la pièce avant de s'approcher de l'élément central pour examiner les robots.

- Bien, commença-t-elle, avez-vous une idée du problème avec ces machines ? demanda-t-elle au majordome.

Ce dernier se tenait toujours très droit et lui répondit de sa voix précise.

- Ces robots constituent la majeure partie du personnel de cette maison, lui dit-il. Ils fonctionnaient parfaitement bien la semaine dernière, mais deux jours après la réception, lorsque j'ai voulu les remettre en marche, aucun n'a daigné se relever. J'effectue depuis le travail de sept personnes avec seulement deux aides robotisés, je dois vous avouer que c'est un peu compliqué.

- Je vois, dit-elle plus pour elle-même

Mélody saisit la main d'un des androïdes féminins, sur laquelle figuraient le nom et la référence du robot. Lui aussi venait de la société

60

Cloud Technology, la même entreprise qui avait vendu le robot qu'elle réparait la veille. Elle put lire sur le dos de la main mécanique "Gloria, RNG 642", "RNG" voulant dire "Robot Nouvelle Génération".

- Mais ce sont des modèles RNG, s'exclama-t-elle. Ils sont sortis il y a à peine six mois!

- Monsieur Eudon a pu se les procurer en avant-première, intervint le majordome, lorsque nous avons changé les anciens robots domestiques. Nous les avons depuis un peu moins d'un an, et jamais jusqu'alors nous n'avions rencontré le moindre problème.

- Pourquoi n'avez-vous pas contacté un technicien de chez Cloud Technology ? Ces machines sont certainement encore sous garantie.

- Monsieur Eudon a insisté pour que vous vous chargiez vous-même de la réparation, répondit M. Smith.

- Mais si je les démonte, vous perdrez tous les bénéfices de la garantie. Êtes-vous vraiment sûr ?

- Monsieur Eudon a vraiment insisté.

Prise de cours, Mélody ne put qu'obtempérer et se mit au travail. Elle commença d'abord par allumer l'écran de contrôle principal pour accéder au menu du système avant d'essayer de mettre en marche les androïdes, ce qui se solda comme prévu par un échec. La jeune mécanicienne n'avait pas de grandes connaissances en informatique, mais sa volonté tenace devrait arriver à mettre un terme à cette panne.

- Avez-vous besoin de quelque chose ? Lui demanda le majordome. Où même seulement un rafraîchissement, un café ou un thé ?

- Non merci, mais c'est très aimable à vous, répondit-elle en lui souriant avant de remettre le nez dans le tableau de contrôle.

- Très bien, alors je vous laisse, termina M. Smith. Si vous avez besoin de quelque chose, n'hésitez pas à me solliciter, il y a un bouton près de la porte qui vous permettra de me contacter.

Il s'inclina pour la saluer avant de disparaître dans l'encadrement de la porte, laissant cette dernière ouverte. Mélody se remit au travail et, trop absorbée par son ouvrage, elle ne remarqua pas que la pièce comportait une autre porte dissimulée derrière un épais rideau rouge. Et derrière ce rideau rouge, quelqu'un l'épiait depuis son arrivée dans la pièce, analysant chacun de ses faits et gestes.

Chapitre 14 – Indiscrétion

Lysandre observait la jeune mécanicienne, bien dissimulé derrière le rideau qui cachait la porte. Il n'avait pas l'habitude d'espionner les gens comme cela, mais il se surprit quant à ses capacités de discrétion.

Même dans cette nouvelle tenue, pourtant classique et sans prétention, le jeune homme ne pouvait s'empêcher de la trouver magnifique. Ses formes arrondies étaient mises en valeur par la simplicité de ses vêtements et son air concentré la rendait encore plus attirante à ses yeux.

Comment pouvait-il ressentir ça pour une fille comme elle ? Mélody n'était qu'une simple ouvrière, n'avait reçu aucune éducation et ne se comportait même pas comme une femme. Il ne se l'expliquait toujours pas.

Et pourtant, il était là, à guetter le moindre de ses faits et gestes, seulement caché derrière une tenture.

Il fallait qu'il lui parle. Lysandre voulait ressentir ce frisson qui l'avait parcouru lors de sa troisième rencontre avec la jeune brune, au garage Pane. Malgré l'apparente animosité qui les reliait, le jeune homme avait vécu cet échange comme un choc électrique qui avait parcouru tout son corps. Et il avait aimé ça.

N'y tenant plus, il décida de sortir de sa cachette. Absorbée par son travail, Mélody ne l'entendit pas tout de suite, aussi dut-il l'interpeller pour la faire réagir.

- J'espère que vous savez ce que vous faites, mademoiselle, commença-t-il sur un ton qu'il voulait taquin, mais un poil charmeur.

Surprise, Mélody eut un petit sursaut et se tourna vers lui. Quand elle vit qui lui avait adressé la parole, son regard perdu prit immédiatement un air blasé.

- Je ne fais que mon travail, et je le fais bien, répondit-elle simplement. Et vous, n'avez-vous pas autre chose à faire que de venir me déranger ?

Le fils du gouverneur l'agaçait. Elle avait vu dans ses yeux qu'il s'amusait d'elle alors qu'elle croisait son regard. Mélody s'était rapidement reportée sur l'écran de contrôle et sur l'un des robots qu'elle avait partiellement démonté. Elle n'accordait plus la moindre attention au jeune homme qui l'importunait.

Vexé, Lysandre s'approcha plus encore de la jeune fille. Il était juste derrière elle quand il revint à la charge.

- Je suis chez moi, je fais ce que je veux, reprit-il. Et vous, vous avez intérêt à bien faire votre travail, sinon vous risquez un procès. Vous savez, rapport à la garantie, ce genre de chose.

Excédée, Mélody se retourna et fit face au fils du gouverneur. Elle remarqua qu'il était toujours tiré à quatre épingles et terriblement beau. Sur son visage trônait un sourire entendu, Lysandre était sûr de lui et déterminé à la déstabiliser, mais la jeune fille garda son calme.

- Sauf que je viens de faire signer un devis à votre majordome, précisant qu'aucune poursuite ne serait possible contre nous s'il y avait le moindre problème, continua-t-elle en reprenant le même sourire entendu.

Mélody plantait ses yeux émeraude dans le regard bleu azur de Lysandre. Elle devait bien admettre qu'il l'attirait autant qu'il l'horripilait, mais elle ne se laisserait pas faire par ce bel impertinent.

Lysandre profita alors de ce face-à-face pour se rapprocher encore plus du visage de la jeune fille. Il la défia du regard.

- Vous avez toujours le dernier mot, à ce que je vois, gronda-t-il d'un ton détaché.

La mécanicienne tenta de se reculer, mais ses fesses rencontrèrent rapidement le poste de contrôle, l'empêchant de fuir. Elle redoutait d'avoir appuyé par inadvertance sur des boutons qui n'auraient pas dû être activés, mais c'est surtout la proximité avec le jeune homme qui la rendait mal à l'aise. Il ne fallait pas qu'il se rende compte de sa gêne, alors elle se rebiffa.

- En général oui, surtout avec les fils à papa malpolis et

impertinents.

- Parce que vous en connaissez beaucoup ?

- Un, c'est déjà bien assez.

Malgré cet échange piquant qui lui électrisait chaque parcelle de son corps, Lysandre en avait assez que cette simple ouvrière lui tienne tête. Il posa une main sur son épaule, à la fois pour la calmer et pour lui signifier qu'il était le maître en ces lieux, mais la réaction de la jeune fille surprit le fils du gouverneur.

Dès qu'elle sentit la main chaude se poser sur sa chemise, Mélody frémit. Elle n'aurait su dire si ce contact lui plaisait ou non, mais elle ne voulait pas se laisser faire par son hôte pédant. D'un geste rapide, elle attrapa son poignet et le détourna de son épaule, avant de se détacher complètement de lui en glissant sur le côté.

- Si vous avez fini de jouer, peut-être pourrais-je me remettre au travail ? dit-elle sur un ton acerbe.

Lysandre pouvait lire dans ses yeux l'ennui qu'il lui causait, mais surtout, il nota la lueur qu'il avait fait naître alors qu'il la taquinait. Sans attendre de réponse, Mélody reprit son ouvrage et se mit à pianoter sur le poste de contrôle. Puis elle fondit vers le dernier robot afin de le remonter et à l'instant où elle appuya sur le panneau de commande, les six androïdes se levèrent en un seul mouvement et ouvrirent les yeux.

Mélody regroupa rapidement ses affaires et se dirigea vers la porte.

- Je vous enverrai la facture, lui dit-elle sans lui adresser un regard.

Et elle disparut, comme la dernière fois où il l'avait vue en ces lieux.

Chapitre 15 – Décision

Mélody enrageait intérieurement. Elle avait fait preuve d'un sang-froid sans égal lors de son entrevue avec Lysandre et tout ce qu'elle désirait désormais, c'était quitter cet endroit.

Alors qu'elle parcourait le dédale de couloirs et de salles qui constituaient la demeure Eudon, la jeune fille priait pour ne croiser personne d'autre. Malheureusement, comme s'il avait su qu'elle partait, M. Smith vint à sa rencontre dans le grand hall, à quelques pas de la porte d'entrée.

- Vous avez fini, mademoiselle ? demanda-t-il à la jeune mécanicienne sans remarquer son visage crispé.

Cette dernière se radoucit, recouvrant son visage professionnel.

- Tout est en ordre, répondit-elle en lui adressant un sourire forcé. Nous adresserons la facture à la famille Eudon dans la semaine.

- Pouvons-nous aller voir les robots ensemble ?

- Je regrette, mais je dois y aller, une urgence m'attend au garage, mentit-elle. Les robots fonctionnent parfaitement bien, il s'agissait d'un simple problème d'encrassage des circuits et de connexion. Ils ont dû travailler énormément en très peu de temps, cela arrive parfois sur ces modèles. Mais tout est en ordre, Lysandre Eudon lui-même est venu vérifier. Je vous prie de m'excuser, mais je dois vraiment y aller. Au revoir !

Sans lui laisser le temps de lui répondre, Mélody sortit de l'immense demeure et s'engagea sur le chemin pavé d'un pas décidé. Il fallait absolument qu'elle sorte d'ici le plus vite possible.

Ce n'est que lorsqu'elle pénétra dans sa voiture qu'elle se sentit vraiment en sécurité. Mélody s'affala sur le siège conducteur pour reprendre son souffle ainsi qu'un rythme cardiaque décent, ce qu'elle n'avait pas réussi à faire depuis son entrevue avec le fils du gouverneur.

Pourquoi faisait-il cela ? Pourquoi s'était-il amusé à l'enquiquiner ainsi ? Et il n'était rien pour elle, juste un fils pourri gâté, impertinent et pédant.

Mais surtout, pourquoi était-elle attirée par lui ?

Certes, Lysandre était un jeune homme magnifique, intelligent et avait un bel avenir devant lui. Mais il était surtout malpoli, hautain, il jouait avec elle. Et cela, elle ne le supportait pas.

Alors, pourquoi avait-elle frissonné à son contact, lorsqu'il avait posé son bras sur son épaule ? Pourquoi, sans se l'avouer, espérait-elle le revoir un jour ?

Mélody se détestait de ressentir de telles sensations. Elle devenait faible, sans défense. Elle s'était protégée durant toute son adolescence de ces jeunes premiers qui l'auraient laissée tomber, tout comme sa sœur. On lui avait fait le coup une fois, et Mélody s'était promis de ne jamais retomber dans ce genre de piège. D'autant plus qu'elle s'était retrouvée seule devant son chagrin, car elle ne voulait pas alarmer son père et sa sœur. Elle avait bridé son cœur, mais elle le sentait vaciller en cet instant. Il ne fallait pas que cela recommence. Jamais.

Et surtout, il ne faudrait jamais que Léana apprenne ce qui venait de se passer. Déjà qu'elle n'était toujours pas calmée de sa colère puérile, elle en voudrait à mort à sa sœur d'avoir pu toucher l'objet de sa convoitise, même contre son gré.

De toute façon, Mélody se promit de ne plus jamais remettre les pieds chez la famille Eudon, gouverneur ou pas. Cet évènement n'était rien de plus qu'un moment d'égarement, et elle tournait dès lors la page avant de mettre le contact et de rentrer chez elle. Mais sur la route, elle commençait à maudire cette part d'elle-même à qui Lysandre manquait déjà.

***

Lysandre était resté immobile, dans la salle de contrôle. Sa solitude n'était troublée que par le réveil des robots domestiques qui s'empressaient de s'enquérir de son état.

- Monsieur, pouvons-nous faire quelque chose pour vous ?

demandèrent les androïdes d'une seule voix.

Le jeune homme ne répondit rien. Il accusait encore le coup de ce qui venait de se passer. C'était pourtant lui qui avait provoqué cet échange, lui qui s'était approché d'elle. Et elle s'était enfuie, encore une fois, laissant derrière elle de simples machines sans âme, mais en bon en état de marche.

Il était-là, les bras ballants, regrettant amèrement le départ anticipé de la jeune fille et fixant la porte qu'elle avait prise pour se dérober. Lysandre ne savait plus quoi faire, mais il savait autre chose : il voulait absolument la revoir, et qu'elle le perçoive autrement que comme un fils à papa prétentieux.

Sa force de caractère, son implication dans son travail, le sérieux et l'habileté qu'elle mettait dans chacun de ses gestes, tout cela lui plaisait chez elle, cela la rendait vraiment unique par rapport aux autres jeunes filles qu'il connaissait. Sans oublier, bien sûr, ses formes harmonieuses et ses yeux émeraude qu'il était parvenu à faire briller un instant. Lysandre aurait tout donné pour voir à nouveau cette lueur animer son regard, mais aussi pour la voir sourire.

La jeune fille lui avait déjà souri, mais c'était plus souvent un signe de moquerie, de gène ou de simple politesse commerciale. Ce qu'il voulait, c'était la voir heureuse. La rendre heureuse.

- Monsieur, êtes-vous sûr que tout va bien ? demandèrent une nouvelle fois les robots humanoïdes, brisant le silence qui s'était installé dans la salle de contrôle.

Lysandre sortit enfin de sa torpeur et contempla les androïdes un instant sans leur répondre. C'est à cet instant que M. Smith pénétra dans la pièce afin de s'assurer de l'état des robots. Il ne s'attendait pas à y trouver son jeune maître en pleine contemplation devant les êtres de métal.

- Monsieur, je vous prie de m'excuser, mais ne devriez-vous pas être avec votre précepteur pour vos leçons quotidiennes ? l'interrogea-t-il poliment.

En règle générale, Lysandre aurait envoyé balader le pauvre employé sans ménagement. Pourtant, ses pensées toujours autant en désordre, il parvint à bafouiller une réponse timide au majordome.

- Je... Il était souffrant, alors je l'ai prié de rentrer se reposer, mentit-il. Si vous permettez, je vais me retirer dans mes quartiers pour étudier.

Sous le regard étonné de l'employé de maison, le jeune homme s'éclipsa en empruntant d'abord le même chemin que sa belle. À chaque pas, il lui semblait ressentir sa présence, comme une trace laissée par ses mouvements gracieux mais assurés et son parfum subtil. Au lieu de se diriger vers la porte d'entrée, il prit les escaliers pour se rendre dans sa chambre, où il pourrait enfin être tranquille.

Il s'écroula sur son lit, ne prenant même pas la peine d'enlever sa veste. Son esprit tournait et se retournait dans tous les sens, arrivant toujours à la même conclusion.

C'était elle.

Chapitre 16 – Répétition

- Quoi ? Ils me demandent encore chez eux ?

Mélody n'en croyait pas ses oreilles.

- Oui, tu les as impressionnés la dernière fois que tu y es allée. J'aurais aimé t'accompagner, car leur système domotique doit être gigantesque et extrêmement intéressant, mais je dois rapporter des engins agricoles à leurs propriétaires.

Simon venait d'annoncer à sa fille que la famille Eudon avait de nouveau fait appel aux services du garage Pane pour tous les systèmes de gestion de la maison.

- Mais j'ai d'autres choses à faire ! mentit-elle pour tenter de se soustraire à cette intervention. Et je ne peux pas m'occuper d'un tel système toute seule ! Je n'ai pas encore les connaissances nécessaires, surtout que je n'étudie pas encore ce genre de chose

- S'il te plaît, Mélo, ce contrat représente une somme colossale ! Et de plus, le gouverneur Eudon pourrait même t'écrire une lettre de recommandation pour l'Académie Mélusianne, si tu lui montres que tu es à la hauteur !

Mélody aurait voulu résister, mais elle ne pouvait rien refuser à son père. De plus, le dernier argument qu'il venait d'invoquer l'intéressait au plus haut point. Le concours d'entrée pour l'école d'ingénieur approchait à grands pas. Ses précédents échecs la rendaient encore plus déterminée, mais elle devait bien avouer qu'un petit coup de pouce ne serait pas de refus.

La jeune fille n'avait pas raconté à son père son altercation avec le fils du gouverneur, sinon il ne l'aurait certainement pas poussé à se rendre une nouvelle fois chez lui. Il se serait bien trop inquiété et l'aurait surprotégée, alors elle avait décidé de garder cela pour elle. Et puis il y avait Léana. Si jamais sa sœur apprenait qu'elle avait eu malgré elle un entretien particulier avec le jeune éphèbe, elle ne l'aurait jamais pardonné. Autant oublier toute cette histoire et aller de l'avant, comme d'habitude, sans perdre de vu ses objectifs.

L'idée même de revoir le jeune homme la rendait mal à l'aise. Elle ne savait trop quoi penser de lui. Depuis leur dernière entrevue, il lui arrivait très souvent de penser à lui. D'imaginer, vainement pensait-elle, qu'il était quelqu'un de bien derrière cette carapace de fils à papa beaucoup trop mise en avant. Il lui arrivait d'espérer qu'ils pourraient un jour s'entendre, apprendre à mieux se connaître. Malgré ses a priori, elle voulait le revoir et s'en sentait horriblement coupable.

C'est ce moment que Léana choisit pour traverser le hangar, vêtue de sa tenue de serveuse. Sa chemise blanche boutonnée jusqu'au col était recouverte d'une cravate noire assortie à sa jupe crayon. Des ballerines confortables lui permettaient de se mouvoir aisément dans tout le restaurant et ses cheveux tirés en arrière lui donnaient un air strict et élégant. Léana aperçut son père et sa sœur installés au petit bureau du coin de l'atelier, son regard se durcit en se posant sur Mélody.

- Alors, tu es contente ? Tu retournes chez lui, n'est-ce pas ?

Le ton n'avait jamais été aussi agressif. Mélody se retourna pour faire face à sa sœur, qui reprit.

- Ne te fais pas d'illusion, tu n'as aucune chance avec lui ! cracha Léana. Qui voudrait de toi, de toute façon ? Avec tes airs de garçon manqué et tes manières de camionneur !

- Je te le répète, Léana, Lysandre ne m'intéresse pas ! C'est un jeune homme pédant, pourri gâté et arrogant. Je n'ai rien à faire avec un type comme lui, et toi non plus d'ailleurs !

Mélody se retenait encore d'exploser. Cette situation ridicule entre elle et sa sœur lui portait de plus en plus sur les nerfs.

- Parce que tu l'appelles par son prénom, maintenant ? Et comment peux-tu savoir ce qui est bon pour moi ? Tu devrais laisser papa y aller, il est bien plus qualifié que toi ! Tu vas te ridiculiser, ma pauvre !

- J'aurais bien aimé, figures toi, mais papa est pris ailleurs. Alors je vais y aller, faire mon travail, puis rentrer.

Mélody se calma, un silence s'installa avant qu'elle reprenne d'une voix douce :

-	Léana, cette petite guéguerre est ridicule ! Nous ne nous sommes jamais fâchées pour un garçon, alors pourquoi maintenant ? Si j'ai fait ça, c'est pour te protéger. Je ne veux que ton bonheur.

-	Occupe-toi de tes affaires ! Tu n'es pas maman !

Et Léana disparut derrière les grandes portes du hangar, laissant Mélody comme ça, le cœur meurtri, une larme perlant au coin de sa joue.

Ce silence était reposant.

Mélody était arrivée à la résidence Eudon les tripes nouées. La jeune fille redoutait de voir débarquer le fils du gouverneur à chaque instant, mais celui-ci se faisait surtout remarquer par son absence.

Aussi avait-elle pu, en toute quiétude, revoir une grande partie du système de gestion automatisé de la demeure. Quelques fusibles à changer, un peu de nettoyage à faire, relier les androïdes qu'elle avait fraîchement réparés au système central, Mélody rencontrait parfois quelques difficultés, mais parvenait toujours à résoudre les problèmes rencontrés. Même M. Smith, le majordome, semblait impressionné par les talents de la jeune fille.

Elle rangea ses outils, jugeant qu'elle n'aurait pas le temps de terminer son travail et devrait revenir le lendemain. Mélody se dirigea donc vers le garage de la demeure, dans lequel sa vieille voiture faisait pâle figure devant les véhicules de denière génération de la famille Eudon. Elle reconnaissait même la voiture de Lysandre qu'elle-même avait réparée. La machine rutilante n'était pas très bien entretenue par son propriétaire qui devait laisser ça à des robots, visiblement non spécialisés pour cette tâche. Malgré tout, elle avait apprécié travailler sur le bolide, car elle n'avait pas la chance de toucher de si belle mécanique tous les jours.

Elle démarra, mais, alors qu'elle tentait d'avancer, elle remarqua que sa voiture avait des difficultés pour avancer. Quelque chose clochait. Mélody sortit alors de l'habitacle pour analyser la cause de cette anomalie. Et pour cause, son pneu avant droit était totalement dégonflé. Elle tenta alors de le regonfler à l'aide d'une pompe que son père conservait toujours dans son coffre. Malheureusement, cela s'avérait inutile, car le pneu était tout simplement crevé, il lui aurait fallu une roue de secours. Or, elle n'en possédait pas sous la main et à en juger par les autres voitures à proximité, les Eudon n'auraient certainement pas le modèle adéquat.

C'est ce moment que choisit Bayron Eudon pour rentrer chez lui. La confortable voiture dernier cri se gara à côté de l'antiquité de Mélody, le chauffeur ouvrit la portière avant de disparaître dans une autre voiture pour rentrer chez lui. Le bonhomme sortit de la place passager et découvrit la jeune fille accroupie devant sa roue avant.

- Bonsoir Mademoiselle ! dit-il de son ton toujours bienveillant, même après une journée de travail et de négociations. Vous venez du garage Pane, c'est bien ça ?

- Bonsoir Monsieur. En effet, j'ai revu la moitié du système et je comptais terminer demain dans l'après-midi, mais il semblerait que je ne puisse pas rentrer chez moi.

- Que vous arrive-t-il ?

- C'est tout bête, j'ai crevé ! C'est plutôt paradoxal pour une mécanicienne, vous ne trouvez pas ?

Malgré la position sociale de son interlocuteur, Mélody se sentait à l'aise en compagnie de Bayron Eudon. Comment son fils pouvait-il être si différent ? S'il tenait de sa mère, la jeune fille s'estimait heureuse de ne pas l'avoir encore rencontrée.

- Je vois, c'est très fâcheux, accorda Bayron tout en souriant à la plaisanterie de la jeune fille. Nous n'avons pas ce genre de voiture et donc encore moins de pneu de secours tel que celui-ci. Et il se fait tard, personne ne pourrait nous livrer à cette heure-ci.

Mélody réfléchissait au moyen de rentrer chez elle. Son père ne pouvait pas venir la chercher puisqu'elle avait en sa possession l'unique voiture du garage, et pas question d'utiliser celles des clients. Et elle ne pouvait pas rentrer à pied, de nuit. Le garage était tout de même assez éloigné de la demeure du gouverneur.

- Vous allez passer la nuit ici ! déclara-t-il finalement.

- Mais… Je ne peux pas accepter…

- Je ne vois pas d'autre solution, et cela ne nous dérange vraiment pas ! Notre maison est devenue bien trop grande au fil des années, et les chambres des domestiques se sont vidées au profit d'androïdes. Je n'étais pas tout à fait d'accord, mais ma femme a insisté pour remplacer tout le monde par des robots, et comme c'est elle qui passe le plus clair de son temps ici… Tout ça pour dire que nous allons vous faire préparer une chambre, je vais aller prévenir Mr Smith. Et vous lui donnerez les références pour votre pneu, il nous en fera livrer un pour l'après-midi, ainsi vous pourrez rentrer chez vous demain soir. Qu'en pensez-vous ?

- Je ne sais pas quoi dire… Je vous remercie. J'aimerais juste pouvoir appeler ma famille, pour les prévenir.

- Aucun problème. Je vous prie de bien vouloir m'excuser, il faut que je rejoigne ma femme et mon fils pour le dîner. Bon courage demain pour les réparations.

Bayron Eudon disparut à son tour, laissant Mélody bouche bée. Elle allait dormir ici, dans la maison même du gouverneur ! Elle en aurait été tellement excitée et heureuse, si elle ne savait pas que l'héritier même de l'homme si charmant qu'elle venait de rencontrer dormait sous le même toit. La panique commença à la gagner, mais il fallait qu'elle se ressaisisse. Avec un peu de chance, elle ne croiserait même pas le jeune homme, en restant dans l'aile des domestiques. Elle le regrettait un peu, mais c'était certainement mieux comme ça.

M. Smith arriva quelques instants plus tard et la mena à sa chambre. Il prit les informations nécessaires à la commande du pneu et la laissa là, lui promettant de lui apporter le repas plus tard. Bien que ce soit une pièce réservée aux domestiques, la chambre était bien plus grande que la sienne au-dessus du garage et la décoration sobre restait pourtant très élégante. Mélody s'affala sur le confortable lit deux places, luxe qu'elle n'avait jamais essayé, et laissa divaguer son esprit avec toutes les informations qu'elle venait d'avoir. Une nuit dans la maison Eudon, Lysandre… Elle ne tarda pas à s'endormir, ne prêtant même pas attention à l'androïde qui vint lui porter son plateau-repas. Ses rêves étaient peuplés de doutes, de machines à réparer, et le beau Lysandre parvenait toujours à s'y glisser.

Chapitre 18 – Infiltration

Lysandre n'en revenait toujours pas. Elle était là, dans sa maison ! Ils passaient la nuit sous le même toit ! Rien que cette simple idée le rendait étrangement heureux. Même si elle logeait dans l'aile des domestiques, la belle Mélody ne se trouvait qu'à quelques couloirs de sa propre chambre.

Il était rentré peu avant son père, mais n'avait pas osé déranger la jeune fille pendant son travail. Alors qu'il se rendait dans le garage pour prendre sa voiture et aller faire un tour en ville avec ses amis, il remarqua la vieille voiture de la jeune fille. Une idée germa dans son esprit, il ne réfléchit pas plus. Lysandre saisit le petit tournevis dans son gilet et planta l'extrémité dans le pneu avant droit. Alors que le pneumatique se dégonflait, il se rendit compte du ridicule de son acte. Il n'avait jamais commis ce genre de bêtise digne d'une racaille. Que ferait Mélody en voyant son pneu crevé ? Elle ne pourrait pas rentrer chez elle.

La jeune fille entra justement dans le garage, lui laissant juste le temps de se cacher derrière sa propre voiture. Il la vit tenter de partir du garage, puis remarquer l'état déplorable de son pneu. Comme il s'y attendait, elle tenta de remédier à son problème, toujours aussi débrouillarde, mais sans résultat. C'est alors que son père arriva et proposa à la jeune fille de passer la nuit ici, puisqu'il se faisait tard et qu'elle n'avait aucun moyen de rentrer. Il avait attendu que Mr Smith vînt la chercher pour sortir de sa cachette et rejoindre ses parents pour le dîner. Ces derniers le réprimandèrent pour son retard.

Savoir que Mélody se trouvait là, dans l'aile des domestiques, à quelques dizaines de mètres seulement l'empêchait de dormir. Lysandre se tournait encore et encore dans ses draps de satin, désespérément à la recherche du sommeil. Après tout, il ne pouvait rien faire. Il aurait tant aimé pouvoir aller la voir, mais elle était certainement en train de dormir, et il ne voulait pas que la jeune fille le prenne pour un pervers. Il aurait tellement aimé être une petite souris pour se glisser dans sa chambre et observer la belle endormie.

Si elle était là, c'était seulement à cause de lui, même s'il n'avait pas imaginé que son acte de vandalisme en arrive là. Cette bêtise lui permettait pourtant de se rapprocher de sa dulcinée. Peut-être la croiserait-il dans la matinée, autour d'un café, ou tout simplement pendant la réparation d'autres éléments de la maison.

Alors qu'il commençait enfin à sombrer au pays des songes, des bruits étranges se firent entendre dans la maison. D'habitude, tout le monde dormait à poings fermés à cette heure-ci, à part les quelques gardes du corps postés autour de la propriété et devant la maison. La famille Eudon veillait à ce qu'aucun bruit ne dérange leur précieux sommeil. Pourtant, ces sons provenaient bien du rez-de-chaussée, d'après Lysandre, et n'avaient rien à voir avec les bruits habituels d'une maison qui travaille la nuit. Des pas que l'on tentait d'étouffer en vain, des portes que l'on voulait ne pas faire grincer, sans grande réussite.

Lysandre se redressa, alerté. Quelqu'un avait dû se glisser dans la résidence. Mélody n'avait pas encore terminé de réparer le système d'alarme de la maison, ce dernier ne pouvait donc pas détecter une intrusion. Les vigiles autour du bâtiment avaient dû rater quelque chose, et le jeune homme se promit d'avoir une petite discussion avec eux le matin même.

Il devait donc aller voir par lui-même. Lysandre enfila simplement un pantalon de sport et resta le torse nu. Contrairement à son père, il avait une silhouette athlétique qu'il comptait conserver lorsqu'il prendrait la place de gouverneur, s'accordant quelques heures de sport par semaine pour se lâcher. Cela lui serait certainement utile s'il avait un jour à se battre, peut être cette nuit-là, pour la sécurité de sa famille. Il décida pourtant de trouver quelque chose qui pourrait faire office d'arme, mais ne vit rien dans sa chambre. Tout ce à quoi il aurait pu penser se trouvait dans d'autres pièces de la maison, la réserve des vigiles, ou même la salle de sport. Ses yeux se posèrent pourtant sur la table de nuit où se trouvait le petit tournevis qu'avait oublié sa dulcinée lors de leur seconde rencontre. L'objet était petit, mais assez pointu et lui avait même permis de crever un pneu, il décida donc de le prendre avec lui, même si cela constituait une bien maigre protection. Peut-être était-ce simplement l'idée d'avoir cette relique de son amour pour la belle mécanicienne qui lui donnait du courage.

Lysandre poussa alors la porte de sa chambre avec précaution, les gonds ne grincèrent même pas. Avant de s'engager dans le long couloir, il vérifia qu'il était bien vide. L'obscurité l'accueillit en son sein et le bruit de ses pas fut étouffé par l'épais tapis écarlate. Il entendait toujours des sons venant du rez-de-chaussée, mais ne savait pas quoi exactement. Lysandre emprunta les escaliers à pas de loup, et commença à voir de la lumière.

La lueur venait de la cuisine. Quelqu'un s'y était introduit. Mais pour voler quoi ? Il y avait certes de l'équipement électroménager de haute technologie, mais des cambrioleurs s'intéresseraient certainement plus à du matériel électronique portable ou de l'argenterie, des bijoux, du matériel plus facilement transportable. Lysandre ne comprenait pas, mais il devait se faire discret pour prendre les ravisseurs la main dans le sac.

Il s'approcha prudemment de la porte de la cuisine, puis passa la tête dans l'encadrement. Il n'arrivait toujours pas à voir ce qui se passait dans la pièce, alors il se décala, se découvrant un peu plus à la vue des malfrats. Mais il fut bien plus surpris que cela.

La jeune femme, l'élue de son cœur, se trouvait dans la cuisine. Devant un micro-ondes, elle contemplait la lumière de la machine, attendant patiemment la fin de la minuterie. Alertée par un bruit derrière elle, Mélody se retourna. Dès qu'elle vit Lysandre, elle sursauta et tenta de reprendre rapidement une contenance.

- Euh, je… vous êtes ici ? Je suis vraiment désolée, je…

La jeune fille ne savait pas quoi dire. Dès qu'elle était entrée dans la petite chambre de domestique où l'avait emmenée M. Smith, elle avait sombré dans le sommeil. À son réveil, elle avait découvert un plateau-repas plutôt copieux, mais qui devait avoir été amené depuis longtemps.

Elle avait donc décidé de faire un tour dans la cuisine pour réchauffer son assiette, pensant que toute la maison serait endormie et que personne ne la remarquerait. Mélody ne s'attendait pas à se trouver nez à nez avec le jeune homme, qu'elle voulait à tout prix éviter.

Mélody ne savait pas où se mettre. Devant l'air interloqué du fils du gouverneur, elle tenta de se justifier en bredouillant.

- Je suis désolée, je ne pensais pas à mal, dit-elle, comme une petite fille qui venait de faire une bêtise. Je voulais juste…

Elle n'eut pas le temps de finir sa phrase que Lysandre éclata de rire. Ce fut à son tour d'être déconcertée, mais le rire du jeune homme lui réchauffa le cœur. Il n'y avait aucune moquerie dans ce rire, seulement une grande spontanéité.

Quand il se fut calmé, Lysandre s'expliqua auprès de la demoiselle.

- Je vous prie de m'excuser, Mélody, enfin, je peux vous appeler par votre prénom ? Je ne m'attendais pas à vous trouver ici ! À vrai dire, je pensais que vous étiez un cambrioleur !

- Moi, un cambrioleur ?

- Oui, euh, non, enfin… qu'un cambrioleur s'était infiltré dans la maison. Et qu'il se trouvait ici.

- Et il serait venu voler votre garde-manger ? s'amusa la jeune fille.

Elle lui sourit, ce qui surprit Lysandre. D'habitude, Mélody était très distante et méfiante avec lui. Mais là, elle semblait bien plus détendue. Elle récupéra son assiette dans le micro-ondes et la posa sur la table.

- Vous en voulez ? proposa-t-elle innocemment. Ah, mais peut-être ne mangez-vous pas la même chose que vos employés ?

- Si si, dit-il finalement en lui souriant, sans la prendre de haut. Notre chef cuisine pour tout le monde dans cette maison, mais nous avons peu de domestiques humains, et les robots ne mangent pas. Mais ne vous embêtez pas, je trouverai bien quelque chose dans le réfrigérateur.

Il se dirigea vers elle, et Mélody remarqua qu'il avait une main dans le dos.

- Que cachez-vous derrière vous ? demanda-t-elle, sa méfiance revenant dans son regard.

Lysandre fut pris de court. Mentir, dire la vérité ? Il ne savait pas quoi faire. Qu'allait-elle penser si elle découvrait qu'il gardait son tournevis depuis tout ce temps ?

Il décida finalement d'être franc avec la jeune fille. Après tout, aucun n'était en position de force, tous deux en pleine nuit, en pyjama dans cette grande cuisine. Lysandre ramena doucement sa main devant lui et montra son contenu à Mélody.

- Où avez-vous trouvé cela ? demanda-t-elle quand elle vit le petit tournevis dans la paume du jeune homme.

- Vous l'avez laissé tomber, lorsque vous vous êtes enfuies l'autre fois, vous souvenez-vous ? répondit Lysandre en reprenant son air taquin. D'ailleurs, pourquoi êtes-vous parties si vite ? Je n'ai absolument rien compris à ce qui se passait, ce soir-là.

Mélody rougit. Le jeune héritier ne la laissait plus indifférente depuis leur dernière rencontre, et le voir déambuler auprès d'elle habillé d'un seul pantalon la mettait mal à l'aise. Pourtant, elle ne voulait pas qu'il s'en rende compte, ce serait lui accorder une victoire bien trop facile. Elle lui répondit simplement, franchement.

- Ma sœur Léana a le don de s'acoquiner avec le premier garçon qui lui plaît et, d'autant plus que vous êtes quelqu'un d'important et voué à un avenir ambitieux, elle s'imaginait déjà devenir la prochaine madame Eudon. Or nous avions tous les deux eu un petit accrochage le jour même, si vous vous souvenez bien, ce qui ne nous a pas donné de bonnes premières impressions, ni à l'un ni à l'autre, je pense. Ainsi ai-je voulu protéger ma sœur de vos sales pattes avant que vous ne lui brisiez le cœur, comme tous ses autres petits copains avant. Voilà tout.

Elle termina ses explications en offrant un grand sourire à son interlocuteur pour lui montrer qu'elle ne le craignait pas.

- Je vois… Je suis vraiment confus que nous ayons commencé sur de si mauvaises bases, vous m'en voyez navré, dit Lysandre en s'approchant d'elle. Ce jour-là, je n'étais pas dans mon état normal, même s'il m'arrive parfois de m'énerver plus que de raison. J'aimerais que nous refassions connaissance de manière plus… cordiale.

Il s'approcha encore d'elle et lui tendit une main ouverte.

- Je m'appelle Lysandre Eudon, enchanté de faire votre connaissance.

- Mélody Pane, dit-elle en serrant fébrilement la main du jeune homme. Tout le plaisir est pour moi.

La paume de Lysandre était douce et chaude, et la poignée de main dura plus que de raison. Quand ils s'en rendirent compte tous les deux, ils s'écartèrent brusquement puis, se regardant l'un et l'autre, éclatèrent de rire de concert. Ils étouffèrent rapidement leur hilarité pour ne pas réveiller toute la maison, mais la bonne humeur générale resta présente.

Mélody et Lysandre discutèrent ainsi un long moment dans la cuisine, dégustant chacun un encas nocturne. Leur relation qui avait débuté de la pire des façons prenait une tout autre dimension. Lysandre s'avérait être un jeune homme charmant et Mélody laissait petit à petit tomber ses barrières de garçon manqué à son contact. Elle n'aurait jamais pu penser qu'ils puissent s'apprécier l'un l'autre, mais leurs échanges prouvaient le contraire.

Quand ils eurent chacun fini leur casse-croûte, ils rangèrent le tout et s'apprêtèrent à reprendre la route de leur chambre. Lysandre prit la route du couloir à contrecœur, mais vit la jeune fille prendre la route opposée.

- Venez avec moi, lui dit-il, je connais un couloir de service qui vous conduira directement à l'aile des domestiques, sans que vous ayez besoin de faire tout le tour de la résidence.

- Merci beaucoup, j'ai cru me perdre tout à l'heure. Votre maison est un véritable labyrinthe !

Mélody le suivit donc à travers l'étroit couloir. La sobriété du corridor contrastait avec les riches décorations du reste de la maison. On voyait bien qu'il n'y avait que les employés qui passaient par là, le lieu n'avait qu'une fonction pratique.

Quand ils arrivèrent au fond du couloir, Lysandre s'arrêta et fit face à la demoiselle.

- Je vous laisse ici ? Vous devriez retrouver votre chemin après cette porte.

- Oui, merci beaucoup.

L'étroitesse du couloir les faisait presque se toucher. Lysandre voulait déposer un baiser sur la joue de la jeune fille, pour lui souhaiter bonne nuit, mais il préférait ne pas précipiter les choses, leur conversation amicale dans la cuisine étant déjà un grand pas en avant. Toutefois, il ne pouvait pas nier qu'il mourrait d'envie d'embrasser la jeune fille.

Et Mélody, alors que le visage de Lysandre se rapprochait du sien, se posa mille questions en une fraction de seconde. Elle ne savait pas s'il allait l'embrasser ou simplement lui faire la bise. Son dernier baiser remontait à des années, elle s'était promis de ne plus se laisser aller à de telles frivolités. Pourtant, elle se demandait quel effet cela faisait.

Avant qu'elle n'ait pu s'en rendre vraiment compte, son instinct la poussa de lui-même à chercher le contact du jeune homme, et elle rapprocha ses lèvres des siennes. Lysandre fut aussi surpris que Mélody de ce baiser, mais ne bouda pas son plaisir. D'abord simple et chaste, ce baiser se fit de plus en plus appuyé. Mélody découvrit des sensations nouvelles pendant que les bras du jeune homme se refermaient autour d'elle en une chaleureuse étreinte. Elle sombra dans une douce torpeur tout en répondant aux mouvements du jeune homme, jusqu'à en perdre la notion du temps.

Lorsqu'ils se séparèrent, à bout de souffle, chacun sombra dans les yeux de l'autre et Lysandre ne desserrait pas son étreinte tout de suite. Il sourit à la jeune fille et déposa un dernier baiser sur son front.

- Bonne nuit, souhaita-t-il à Mélody en la regardant avec tendresse.

Il la laissa glisser de ses bras et la vit devenir rouge pivoine, ce qui la rendait encore plus mignonne.

- Bbbbb… Bonne nuit à vous aussi ! déclara-t-elle enfin.

Puis elle se précipita vers la porte, laissant derrière elle le fils du gouverneur qui ne chercha même pas à la rattraper. Mélody ne savait pas si elle devait regretter ce geste. Si Léana l'apprenait, cela signerait son arret de mort ! Et en même temps, elle avait étrangement apprécié ce court instant. Elle se mit rapidement au lit, à la recherche du sommeil, mais son esprit était beaucoup trop tourmenté par le beau Lysandre.

Lui-même avait laissé la belle filer et avait repris le chemin de sa chambre. Lorsqu'il reprit place dans ses draps, il ne mit pas bien longtemps à rejoindre le pays des rêves, où il pouvait rejoindre la belle Mélody.

Chapitre 19 - Résolution

Mélody ne savait plus quoi faire. Des sentiments contradictoires envahissaient son cœur et son esprit. Par chance, elle n'avait pas croisé Lysandre le lendemain matin de leur tête-à-tête. Mais quelque part, elle regrettait de ne pas l'avoir revu.

Que voulait dire ce baiser ? Il s'amusait encore certainement avec elle. Pourtant, ses yeux semblaient terriblement sincères. Et elle avait apprécié ce moment qu'ils avaient passé tous les deux, dans la cuisine, puis lorsqu'ils se sont quittés. Le cœur de Mélody commençait à flancher en faveur du jeune homme, même si elle ne voulait toujours pas se l'avouer.

Une fois la domotique des Eudon remontée et son pneu changé, elle avait pu regagner son appartement. La jeune mécanicienne faisait tout pour éviter sa sœur. Elle se sentait coupable, même si elle se disait finalement qu'il n'y avait pas lieu de l'être. Après tout, peut-être l'avait-il choisie elle, Mélody, le garçon manqué avec les mains calleuses, au détriment de la belle et pimpante Léana. De toute façon, sa jeune sœur passait toujours le plus clair de son temps à bouder dans sa chambre, d'autant plus qu'elle avait appris que son aînée avait passé la nuit chez les Eudon, et elle enrageait.

Avec l'accord de son père, Mélody décida finalement de prendre son après-midi et en profita pour travailler le concours d'entrée à l'Académie Mélusianne. L'échéance approchait petit à petit, et la jeune fille avait décidé que ce serait la dernière année qu'elle tenterait sa chance. En cas d'échec, elle resterait simplement auprès de son père, à réparer les machines au lieu de les concevoir, comme elle en rêvait. Ce n'était pas une vie désagréable, mais la jeune fille désirait réellement entrer dans cette école et donnait tout, à chaque fois, pour y arriver. Malgré ses connaissances pratiques, le fait qu'elle sache quasiment tout réparer, les examens écrits n'avaient jamais été son fort, à cause du stress certainement. Alors elle avait décidé d'y aller à fond, ne sortant plus, ne voyant plus ses rares amis, pour se consacrer à son travail et à ses études. Alors qu'elle planchait sur des problèmes de mécanique théorique, l'esprit de Mélody commença à divaguer, menant ses pensées sur un sujet bien moins studieux : Lysandre. Elle tenta de se reprendre plusieurs fois, mais rien à faire, le beau visage du jeune homme la hantait. Il ne lui manquait plus que ça. Elle s'allongea sur son lit, laissant ses pensées se concentrer sur lui, avant de s'assoupir. Elle rêva ainsi un moment à lui, à se retrouver une nouvelle fois dans ses bras, contre lui…

Quelqu'un frappa à la porte. Simon venait chercher sa fille pour le dîner, qui se déroula dans un silence total. Léana n'adressa même pas un regard à sa sœur et termina son repas en vitesse avant d'enfiler sa tenue de serveuse et de s'éclipser pour se rendre au travail. Au moins, Mélody n'avait pas eu à essuyer de sempiternelles attaques de sa cadette. Elle fila elle aussi reprendre ses révisions. Au moment où ses paupières commencèrent à se faire lourdes, elle décida de s'arrêter et de s'octroyer un repos bien mérité. Sans surprise, ses rêves se dirigèrent tout naturellement une fois de plus vers le beau jeune homme, mais elle ne chercha pas à les brider. Elle se laissa aller simplement au rythme de ses songes, s'imaginant danser dans les bras de Lysandre, abandonnant toute résistance.

Le lendemain, Mélody reprit son travail au garage, et la matinée se déroula sans accroc. La jeune mécanicienne retrouva les robots à qui elle aimait tant donner une seconde jeunesse. Ses amis de métal ne la trahissaient jamais, eux, contrairement aux êtres humains. Elle se surprenait parfois à leur parler, même lorsqu'ils étaient désactivés et inertes. Mélody se disait souvent qu'elle devait être folle, mais elle préférait ça à être déçue par ses semblables.

La nuit semblait lui avoir porté conseil. Ses rêveries idylliques aux bras d'un jeune et beau garçon paraissaient bien futiles tant elles étaient complètement improbables. Un homme de la classe sociale de Lysandre ne s'abaisserait sans doute jamais à fréquenter une jeune fille de la classe ouvrière comme Mélody. Tout ce qu'elle avait vécu l'avant-veille n'était qu'un jeu pour lui, et il avait obtenu ce qu'il voulait. Il lui faudrait donc l'oublier, le chasser de son esprit. Le concours approchait aussi petit à petit, et elle n'avait pas de temps ou d'énergie à mettre dans une quelconque relation.

Mélody fut donc très surprise de le voir débarquer en milieu d'après-midi, au garage Pane, avec entre ses mains gantées un bouquet de fleurs aux mille couleurs. Ce fut d'abord Simon qui l'accueillit dans le hangar, Mélody faisant timidement semblant de ne pas l'avoir vu. Elle ne savait pas comment réagir. Pourquoi venait-il ? Pour elle, cela n'avait aucun sens.

- Bonjour, M. Eudon, puis-je vous être utile ?

- À vrai dire, je suis venu voir votre fille aînée, Mélody, répondit le jeune homme en montrant le bouquet.

À ces mots, Mélody tressaillit. On ne lui avait jamais fait la cour, encore moins offert des fleurs.

- Oh, euh, et bien, je vous laisse un moment alors, fit Simon avant de retourner au fond du garage. Mélody, c'est pour toi !

La jeune fille ne savait pas si elle devait haïr son père pour cela. Il savait qu'elle ne pouvait pas voir Lysandre depuis leur premier accrochage, mais il devait estimer qu'elle était assez grande pour gérer ses histoires toute seule. De plus, le voir arriver avec les fleurs l'avait pris au dépourvu. Mélody fut donc contrainte d'abandonner son travail quelques instants pour s'occuper du nouveau client.

- Bonjour Monsieur, le salua-t-elle pour bien mettre de l'espace entre eux. Que puis-je pour vous ? Y a-t-il un problème avec la mise à jour du système de gestion de votre maison ?

- Non, non, tout est parfait, avoua-t-il en lui offrant un sourire des plus charmeurs. Je venais seulement vous offrir ceci.

Il lui tendit le bouquet et Mélody le saisit délicatement. C'était la première fois qu'on lui offrait des fleurs, elle ne savait pas trop comment réagir.

- Merci, dit-elle simplement.

- Je voulais aussi vous demander, enfin, si vous étiez libre samedi prochain ? J'aimerais vous inviter à dîner.

Toujours ce même sourire, cette fossette sur la joue gauche, celui qui la faisait enrager quand il tournait autour de Léana quelques semaines plus tôt, mais qui la faisait totalement fondre aujourd'hui. Pourquoi ce tel revirement de situation, comment ses sentiments avaient-ils pu changer à ce point ? Mélody ne savait pas quoi répondre, Lysandre la mettait mal à l'aise, même si elle espérait secrètement être une nouvelle fois contre lui. Ce fut sa raison, comme à l'accoutumée, qui prit le dessus et parvint à une décision.

    - Je suis désolée, mais j'ai encore beaucoup de travail ici, et je dois préparer des concours, donc je vais réviser tout le week-end. Une autre fois peut-être.

    Cette semi-vérité attrista le jeune homme, même si ses derniers mots, prononcés très certainement par la jeune fille pour être polie, lui laissèrent une lueur d'espoir.

    - Je vois. Bon, alors je ne vous importune pas plus. Au revoir, Mademoiselle, et merci pour votre superbe travail !

    - Je vous en prie. Bon retour.

Il s'éloigna calmement, faisant claquer sa canne sur le sol même s'il semblait ne pas en avoir besoin. Pourtant, dans son esprit tournoyaient mille et une idées pour pouvoir rencontrer à nouveau la jeune fille. Mélody resta derrière le comptoir quelques instants, retrouvant son calme, le bouquet toujours dans la main. Quand elle posa les yeux sur les fleurs, une étrange question vint à son esprit. Où allait-elle bien pouvoir trouver un vase ?

Chapitre 20 – Réflexion

Lysandre devait trouver une idée. Et vite.

Désireux de retrouver la belle mécanicienne, le jeune homme multipliait les visites au garage Pane. Mais il était de plus en plus mal à l'aise, car les excuses pour venir la voir commençaient à manquer. Tout ce qu'il voulait, c'était avoir l'occasion de lui parler, de lui montrer son intérêt, et surtout de pouvoir l'inviter à dîner, encore et encore. Toutes ses demandes se soldaient pourtant par des refus.

Mais le fils du gouverneur ne s'avouait pas vaincu. Il voulait qu'elle le voie autrement que d'habitude, qu'elle efface de son esprit la toute première et immonde image qu'elle avait de lui, un fils à papa pourri gâté qui piquait des colères pour des caprices. Il s'en voulait toujours pour ce comportement déplorable, mais ce qui était fait était fait.

Couché dans son lit, les yeux dans le vague, Lysandre cherchait inlassablement une solution à son problème, le petit truc qui ferait qu'elle accepte un rendez-vous, qu'elle lui porte un nouvel intérêt.

Il s'endormit sur ces idées, son esprit turbinant à plein régime toute la nuit, lui faisant faire des rêves étranges.

Mais au matin, il lui semblait avoir une idée.

Chapitre 21 – Irruption

Les jours passèrent, et petit à petit, les visites de Lysandre se faisaient de plus en plus rares. Mélody pensait qu'il avait compris, où alors qu'il s'était lassé et avait trouvé une autre jeune femme à courtiser. Même si une partie d'elle-même était soulagée de ce calme retrouvé, l'autre partie regrettait que l'intérêt du jeune homme ne porte plus sur elle. Elle se sentait désirée, dans un certain sens, et c'était plutôt agréable. De plus, le fils du gouverneur lui semblait de plus en plus avenant, courtois, presque sympathique. Mais peut-être n'était-ce là qu'une illusion, car elle avait un petit béguin pour lui.

Le garage était vide, ce matin-là. Léana dormait encore tranquillement et Simon était parti tôt, à l'autre bout du dôme, pour faire la révision de machines agricoles qui ne pouvaient pas être transportées jusqu'à l'atelier. Il n'y avait aucune machine à réparer dans le hangar. Mélody s'installa donc dans le bureau pour faire un peu de paperasse avant que des clients ne lui apportent du travail.

Alors qu'elle rangeait des factures, un homme passa les portes de l'atelier. Sa démarche approximative et sa tenue sombre lui donnaient un air inquiétant, mais Mélody ne s'en formalisa pas. Elle avait parfois affaire à des clients étranges. La jeune fille alla à sa rencontre et se plaça de l'autre côté du comptoir. Au fur et à mesure que l'homme s'approchait, elle s'aperçut qu'il n'était vêtu que de noir et portait une cagoule. Elle s'efforça de rester calme, même si elle n'était pas dupe sur ses intentions.

- Bonjour Monsieur, que puis-je pour vous ? dit-elle aussi calmement que possible.

L'homme s'agita, il ne voulait pas être là, mais il devait obéir aux ordres de son maître, aussi étranges soient-ils. Il sortit de sa poche un revolver qu'il pointa sur la jeune fille, menaçant.

- Donne-moi toute ta caisse ! dit-il en haussant la voix, même si elle n'était toujours pas assurée. Et vite !

La scène était surréaliste pour Mélody. Jamais elle n'aurait cru se faire braquer comme ça, d'autant plus dans un garage ! Les comptes étaient tellement sécurisés que de moins en moins de personnes réglaient leurs achats en liquide, encore moins dans un garage où les frais pouvaient vite grimper ! Les clients payaient généralement par chèque ou virement bancaire, la caisse était donc quasiment vide.

- Je suis désolée, Monsieur, mais nous ne gardons aucune espèce ici.

- Tais-toi, et dépêche-toi ! Trouve quelque chose, ton propre argent, ou je…

Il n'eut pas le temps de terminer sa phrase qu'un jeune homme entra en trombe dans le garage. Il jaugea le malfaiteur et, dans un élan théâtral, l'interpella.

- Comment osez-vous menacer cette jeune fille, vil personnage ! fit-il en déclamant son texte appris par cœur.

Il s'approcha du malfrat puis lui assena un coup de canne bien placé avant de le mettre à terre avec une souple prise de judo.

Mélody se détendit, elle venait de comprendre ce qui se passait devant ses yeux. Son valeureux sauveur n'était autre que Lysandre Eudon, et le malfaiteur un de ses vigiles qu'elle avait croisés lors du bal masqué. Leur petite mascarade l'amusait beaucoup, alors elle se contenta de contempler le spectacle en se retenant de rire.

Le pauvre vigile prit ses jambes à son cou dès que son maître se désintéressa de lui. Lysandre le regarda s'enfuir, avant de revenir à sa belle mécanicienne.

- Vous n'avez rien ? s'inquiéta-t-il, alors qu'il savait pertinemment que le colosse ne lui avait touché pas même un cheveu.

- Tout va bien, répondit-elle. Et bien, heureusement que vous étiez-là ! continua-t-elle en surjouant comme son interlocuteur, amusée.

- Je passais par là, et je l'ai entendu vous menacer, alors j'ai accouru, tout simplement ! C'est le devoir de n'importe quel gentleman !

- Quel courage ! se moqua-t-elle en retenant son rire, mais Lysandre ne semblait pas remarquer son rictus.

- Puisque je suis ici, poursuivit-il sur le ton de la conversation, j'aimerais vous inviter à dîner. La dernière fois, vous aviez trop de travail, peut-être que vous y voyez plus clair à présent.

Mélody n'en revint pas. Il était coriace, le bougre. Mais cette fois-ci, elle avait envie d'accepter. La petite mascarade qu'il avait jouée pour elle, bien que grotesque, l'avait fait beaucoup rire.

- Très bien. Samedi, alors ?

Ce fut au tour de Lysandre d'être surpris. Elle venait d'accepter ! Enfin ! Il essaya de conserver sa joie au fond de lui, même si son sourire devait trahir à quel point il jubilait.

- C'est parfait, je passe vous prendre alors. À samedi !

- Au revoir, M. Eudon.

- Je vous en prie, appelez-moi Lysandre !

Elle regarda le fils du gouverneur s'éloigner, ne réalisant toujours pas ce qu'elle venait d'accepter. Et puis, après tout, ce n'était qu'un dîner, rien de plus. Que pourrait-il bien se passer ?

Chapitre 22 – Discussion

Devant l'armoire de sa chambre, Mélody ne savait pas quoi faire. Elle devait se préparer pour le dîner avec Lysandre, mais elle ne savait absolument pas comment s'habiller. Et demander de l'aide à Léana était hors de question. De toute façon, elle travaillait au Shift ce soir-là, alors ce n'était pas la peine.

Dans un coin de la penderie, elle dénicha une petite robe noire, simple, sobre, qui lui arrivait jusqu'au genou. Un énorme ruban venait entourer sa taille et la jupe était légèrement évasée, comme une robe de poupée. Mélody se souvenait très bien de ce vêtement. Il appartenait à sa mère. C'est donc avec émotion qu'elle l'enfila et, devant son miroir, fut surprise de voir à quel point elle ressemblait à Emelyne.

Leur mère avait été emportée par la maladie, alors que Mélody sortait à peine de l'adolescence et Léana n'était encore qu'une enfant. Elle avait toujours eu une santé fragile, mais repoussait sans cesse ses limites, pour sa passion pour la danse, pour Simon qu'elle aimait plus que tout, et pour ses deux filles, ce qu'elle avait de plus précieux. Mais malgré une volonté de fer, le corps n'avait pas suivi. Sa disparition avait été un véritable choc pour les deux petites filles. Heureusement, leur père fit tout ce qu'il put pour qu'elles ne manquent jamais de rien même si la présence d'une maman était irremplaçable.

Mélody et Léana avaient réagi de façon très différente à cette disparition. La plus jeune avait pleuré des semaines durant puis, petit à petit, son éternelle gaieté avait repris le dessus. Léana était scintillante, offrait à tous un sourire franc et joyeux. Même si elle paraissait parfois un peu superficielle, elle possédait un grand cœur qu'elle avait parfois tort d'ouvrir à tous, tant ses prétendants se retrouvaient parfois être de parfaits goujats. Au contraire, Mélody s'était renfermée sur elle-même, faisant de la solitude son réconfort. La jeune fille avait beaucoup pleuré aussi, mais seule, dans sa chambre, à l'heure où personne ne pouvait l'entendre. D'autant plus que son petit copain de l'époque l'avait laissée tomber pour une jeune fille de sa classe beaucoup plus joyeuse, laissant Mélody seule avec son deuil alors qu'elle n'avait jamais eu plus besoin de lui. Elle pensait aussi devoir se montrer forte, pour sa jeune sœur. Elle serait dorénavant son seul interlocuteur féminin dans la famille, elle devait se montrer à la hauteur. Les liens entre les trois Pane s'étaient grandement renforcés durant cette période de deuil qui ne finirait jamais vraiment. Mais à l'extérieur, Mélody s'était forgée une carapace sans faille pour que plus rien ne l'atteigne, elle ne voulait plus souffrir. Petit à petit, ses camarades s'étaient détournés d'elle et de son caractère farouche. Alors elle s'était peu à peu tournée vers les mécaniques que réparait son père, et les machines devinrent ses seules amies.

Que le fils du gouverneur lui accorde un si grand intérêt était alors un mystère pour elle, et qu'elle ressente ces sentiments pour lui également. Cette soirée serait l'occasion pour elle de s'interroger sur ses sentiments, et de voir si Lysandre était réellement sérieux. Car s'engager dans une relation maintenant serait risqué, d'une part pour ses concours, d'autre part parce que Léana lui faisait toujours la tête à propos du jeune homme.

Mélody enfila des petites chaussures lacées, car elle ne voulait pas reperdre ses souliers si elle avait encore à fuir cette fois-ci. Elle ramena ses cheveux en une longue tresse plaquée et mis un soupçon de mascara, puisqu'elle ne savait de toute façon pas se maquiller plus. Lorsqu'elle se contempla une dernière fois devant son miroir, elle entendit le moteur d'une voiture devant le garage. Elle attrapa ses affaires et sa veste au passage avant de sortir en silence. Elle avait parlé de ce dîner avec son père, mais ne voulait pas qu'il pose plus de questions. Cela n'impliquait rien pour le moment, alors elle préférait ne pas l'alarmer.

Lysandre était devant la voiture et l'attendait. Quand il vit la jeune fille, son visage s'illumina.

- Vous êtes resplendissante, Mélody !

- Merci, vous aussi, répondit-elle en plantant son regard dans le sien. Elle ne voulait pas se montrer trop faible ou timide.

- Allons-y !

Il lui ouvrit galamment la porte du côté passager où elle s'installa. Elle connaissait bien cette voiture de toute dernière génération, puisqu'elle l'avait elle-même réparée. Lysandre prit place du côté conducteur et démarra. Le ronron du moteur plaisait à Mélody.

- Vous avez fait des merveilles sur cette voiture ! commença-t-il à la complimenter. Elle tourne exactement comme au premier jour. Aucun autre garage ne me l'a remise dans un état aussi irréprochable !

- Je ne fais que mon travail, vous savez, répondit humblement Mélody. Mais je pense que vous devriez faire plus attention, d'après ce que j'ai vu, vous la poussez un peu trop souvent dans ses limites. Ce n'est pas une voiture de course, même si elle en a l'air.

- Je sais bien, c'est un vilain défaut, mais j'aime la vitesse.

- Le propre fils du gouverneur négligerait-il les limitations de vitesse ? décida-t-elle de le taquiner, pour voir comment il allait réagir.

- Disons seulement que je conduis sur circuit, la plupart du temps, dit-il en lui adressant un clin d'œil malicieux.

Mélody faillit piquer un fard au moment où la voiture s'engagea dans un petit parking, près d'un luxueux restaurant. Ils se garèrent puis se dirigèrent vers l'entrée. La devanture rétroéclairée indiquait en lettres blanches et calligraphiées « Le Shift ».

Le sang de Mélody ne fit qu'un tour. De tous les restaurants du dôme, il fallait qu'ils viennent ici. Elle savait pourtant qu'il s'agissait du meilleur établissement du dôme, mais ne s'attendait certainement pas à venir ici, un jour.

Mais elle était bien là, au bras du fils du gouverneur. Au moment où ils entrèrent dans la salle, tous les regards se jetèrent sur eux. Mélody avait finalement l'impression de faire pâle figure à côté de ces dames si richement habillées, coiffées, aux bijoux des plus imposants et resplendissants. Elle décida de faire face, elle, dans sa simple petite robe noire, sans bijou aucun, coiffée d'une simple tresse et sans échasses aux pieds. Elle n'était pas petite non plus, alors elle n'en avait pas vraiment besoin. Mélody garda la tête haute, croisant tous les regards qui se posaient sur elle sans sourciller.

Ils traversèrent la salle, précédés par un majordome et arrivèrent finalement dans une petite loge, isolée du reste du restaurant. La jeune fille était intimidée par tant de précautions, mais soulagée d'être à l'abri des regards et des oreilles indiscrètes.

Mélody n'appartenait pas à ce monde, alors elle s'extasiait devant chaque élément du décor qu'elle découvrait. Du mobilier en ébène en passant par les rideaux aux motifs somptueux, des couverts en argent aux verres en cristal, tout lui était encore inconnu. Quand elle vit que Lysandre la fixait avec un regard attendri alors qu'elle inspectait la pièce, elle s'interrompit aussitôt.

- Je vous prie de m'excuser, dit-elle, ne pouvant s'empêcher de rougir. C'est la première fois que je viens ici, enfin, dans ce genre de lieu.

- Détendez-vous, je vous en prie. Personne ne viendra nous importuner, et je préfère quand vous êtes naturelle. D'ailleurs, j'aimerais vous demander quelque chose ?

- Oui ?

- Pourrions-nous nous tutoyer ? J'ai l'impression que nos échanges sont très… protocolaires. Ce serait peut-être plus facile pour discuter.

- C'est d'accord, dit-elle en souriant.

Malgré ce premier pas franchi, l'atmosphère resta étrange, aucun des deux jeunes gens ne se décidait à briser le silence. Ce fut finalement la serveuse qui interrompit le calme ambiant.

- Bonsoir Messieurs Dames, dit-elle en souriant et en leur donnant la carte.

Elle commença à réciter les spécialités du chef et les dernières nouveautés jusqu'à ce que son regard s'attarde sur la cliente. En entendant la voix de la serveuse, les craintes de Mélody se confirmèrent. Quand Léana reconnut enfin sa sœur, le son de sa voix s'abaissa, puis reprit de plus belle. La jeune sœur faisait un énorme effort de professionnalisme en se contenant ainsi, puisqu'elle n'avait qu'une envie: sauter à la gorge de sa sœur. Elle les laissa finalement choisir, s'éclipsant à travers l'épais rideau qui les isolait du reste de la salle.

Mélody reprit son souffle qu'elle avait retenu inconsciemment pendant tout le temps où sa sœur était auprès d'elle. De toutes les serveuses du Shift, elle avait espéré que ce ne soit pas Léana qui s'occupe d'eux, mais les circonstances étaient contre elle. Lysandre remarqua son embarras.

- Tout va bien ?

- Oui, enfin…

Elle hésita un instant, puis décida de jouer cartes sur table. De toute façon, elle n'avait rien à perdre, et rien non plus à se reprocher.

- La serveuse que nous venons de voir, et bien, c'est ma sœur.

- Oh, Léana, c'est bien ça ?

- Oui. Et elle pense que je t'ai « volé » à elle, puisque, lors du bal, vous étiez ensemble avant de me voir et que nous… disparaissions.

- Que vous preniez la fuite, oui ! éclata-t-il de rire. Il reprit immédiatement son calme quand il vit que sa compagne ne l'avait pas suivi dans son hilarité.

- Elle m'en veut énormément de l'avoir ainsi traînée de force. Habituellement, elle a tendance à s'amouracher de parfaits goujats, alors j'ai voulu l'en empêcher, pour une fois. Il faut dire que notre première rencontre n'ait pas été des plus cordiales.

- Je le reconnais, et j'en suis encore confus. Excuse-moi.

- Donc, alors que je l'ai arrachée à toi, nous nous voyons de plus en plus et elle pense que j'ai voulu lui damer le pion. Alors que ce n'était pas du tout prévu.

- Je vois… Honnêtement, j'ai passé une soirée merveilleuse au bal avec Léana. Mais je dois avouer que, dès que je t'ai vue, je n'ai plus pensé à elle, même si c'est une fille fantastique. Tu étais tellement plus naturelle que les autres demoiselles, plus… vraie.

- C'était la première fois que je venais à un bal. Je ne voulais pas y aller, d'ailleurs. C'est mon père qui m'a demandé d'y accompagner Léana.

- Je ne manquerai pas de le remercier plus tard.

Une autre serveuse arriva pour prendre leur commande. Mélody n'avait pas eu le temps de jeter un œil à la carte, et se laissa donc conseiller par la demoiselle. Ce n'était plus Léana, comme l'avait espéré la jeune fille. En rentrant dans les cuisines, la jeune sœur avait pris sur elle de ne pas exploser de rage alors qu'elle fulminait, expliquant simplement qu'elle ne pouvait pas servir cette table, car un membre de sa famille s'y trouvait. Le chef de salle prenait un point d'honneur à respecter cette règle, les serveurs ne devaient jamais s'occuper de membre de leur famille ou de leurs amis, pour éviter toute familiarité dans cet établissement de haut standing.

Cela n'empêchait pas Léana de ruminer cette trahison. Elle en voulait toujours à sa sœur pour leur course poursuite dans le jardin des Eudon. Mais alors que Mélody lui avait affirmé qu'elle n'était pas intéressée par le fils du gouverneur, elle la trouvait là, sous son nez, lors d'un dîner aux chandelles avec celui qu'elle aurait dû épouser. Lorsqu'elle la reverrait, à la maison, elle passerait un sale quart d'heure, voire bien plus…

Pendant ce temps, dans l'alcôve qui leur était dédiée, le dîner de Mélody et Lysandre suivait son cours. Les langues se déliaient petit à petit, et le jeune homme se révélait être réellement charmant. Même s'il subsistait toujours de la méfiance, le cœur de Mélody s'adoucissait peu à peu.

Au terme de cette soirée, Lysandre raccompagna la belle mécanicienne chez elle. On pouvait voir à travers les fenêtres que l'appartement au-dessus du garage était encore allumé, signe que Simon attendait le retour de ses filles. Devant la porte du hangar, les deux jeunes gens échangèrent une bonne nuit, et Lysandre posa simplement ses lèvres sur le front de la demoiselle, y déposant un léger baiser. Il ne vit pas Mélody rougir, puis il s'éloigna, adressant un dernier regard à la belle avant de monter dans sa voiture. La jeune fille rejoignit le petit appartement et salua son père qui ne lui posa aucune question, à son grand soulagement. Puis elle rejoignit la sécurité de sa chambre, enfilant une tenue plus confortable et s'allongea, à la recherche du sommeil, l'esprit empli de questions et de doux sentiments.

Chapitre 23 – Dévotion

Depuis leur dîner aux chandelles au Shift, la relation entre la jeune mécanicienne et le fils du gouverneur avait pris un tout autre tournant. Le jeune homme venait la voir plusieurs fois par semaine dans l'atelier, comme d'habitude, prétextant avoir quelque chose à faire réparer au nom de sa famille ou des papiers techniques à faire traiter pour son père pour le compte du dôme. Mais Mélody savait bien que ce n'était que pour la voir, et cela lui plaisait.

Car depuis cette fameuse soirée, le garage Pane recevait tous les chantiers de maintenance de la famille Eudon et même du dôme. Lysandre et son père faisaient les éloges des deux mécaniciens autour d'eux. L'emploi du temps de Mélody et de son père devenait de plus en plus chargé. Tant et si bien que Simon avait dû engager un autre technicien.

La nouvelle recrue était un jeune homme fraîchement diplômé, encore un peu maladroit, mais d'une volonté sans faille. Sam avait un beau visage avec une mâchoire carrée, des cheveux bruns coupés courts et des yeux de la même couleur. Mélody et lui avaient à peu près le même âge et tous deux s'entendaient à merveille, travaillant bien ensemble. Tout aurait pu aller comme sur des roulettes au garage Pane, si on oubliait encore l'humeur toujours aussi massacrante de la fille cadette.

Léana ne travaillait pas ce soir-là, et ce qui devait être une soirée tranquille se transforma en pugilat. Lysandre était passé au garage dans l'après-midi, et, encore une fois, il n'était pas venu les mains vides. Mélody ramenait avec elle dans l'appartement un somptueux bouquet de fleurs qu'elle installa le sourire aux lèvres dans un vase sur la table du salon.

- Je ne vois vraiment pas ce qu'il te trouve, cracha Léana.

- Moi non plus, je dois bien l'avouer, lui répondit sa grande sœur, le bonheur toujours accroché sur son visage.

- Tu te fiches de moi ? Je suis sûre que tu passais ton temps à l'aguicher, quand tu travaillais là-bas ! Tu me l'as volé, voilà tout !

- Je ne t'ai rien volé du tout, c'est lui qui est venu vers moi, je te signale. Mais tu sais, je crois que Sam a flashé sur toi, et…

- J'aurais pu devenir la femme du gouverneur, et toi tu me proposes un simple mécanicien ? explosa la jeune sœur.

C'est bien sûr à ce moment-là que Simon et Sam entrèrent dans la pièce pour régler quelques détails concernant le contrat du jeune homme. Ce dernier avait tout entendu, et bien qu'il essaya de se montrer impassible, Mélody savait que les mots de sa sœur l'avaient profondément blessé. Bien que doté d'une carrure large et d'un self-control à toute épreuve, Sam restait un être sensible. Léana elle-même s'en rendit compte et, gênée, fit comme si de rien n'était. Les deux hommes s'installèrent dans le salon et se mirent au travail, Léana resta muette devant la télévision et Mélody regagna sa chambre pour travailler les annales du concours.

Depuis que Lysandre avait débarqué dans sa vie, rien n'était plus pareil. Le jeune homme arrivait petit à petit à briser la solide carapace qu'elle avait constituée à la mort de sa mère. Mélody avait voulu se protéger du monde extérieur en ne se livrant plus, elle s'était isolée des gens de son âge, préférant les machines aux humains. Elle redécouvrait alors avec Lysandre les bienfaits d'un peu de contact humain, et l'amour, tout simplement. Car même si leur relation avait démarré sur des bases exécrables, elle pouvait maintenant le dire. Elle était amoureuse.

Mais il y avait le revers de la médaille. Léana était toujours persuadée que sa sœur avait manigancé afin de lui voler son futur époux, son avenir radieux, en l'écartant de la route de Lysandre. Elle tenait même Mélody pour responsable du dîner au Shift, prétextant qu'elle était venue la narguer sur son lieu de travail, alors qu'elle papillonnait déjà au garage juste au-dessous de chez elle. Mélody avait beau lui expliquer qu'il n'en était rien, qu'elle n'avait manipulé personne, que tout n'était qu'un concours de circonstances, sa sœur cadette ne l'écoutait pas et, dans les meilleurs moments, lui faisait la tête, dans les pires, lui lançait des pics cinglants.

Mélody se disait bien qu'elle finirait par se calmer, qu'elle passerait à autre chose, mais cela faisait des mois que le bal était passé. Entre Lysandre et Léana, elle devait aussi et surtout penser à elle. Le concours d'entrée pour l'Académie Mélusianne approchait.

Dans quelques semaines à peine, elle serait de nouveau dans ces salles de classe prestigieuses où étaient passés les plus importants ingénieurs de l'époque, pour tenter sa chance, une nouvelle fois, une dernière fois. Et cette fois, elle ne la laisserait pas s'échapper. Aussi travaillait-elle d'arrache-pied dès qu'elle le pouvait, déclinant parfois les invitations un peu trop insistantes de Lysandre. Elle avait beau être amoureuse, il fallait qu'elle se concentre sur son propre avenir.

Mais parfois, un peu d'oxygène lui faisait du bien, et passer du temps avec le beau jeune homme l'aidait à se détendre. Puis, un jour, elle fut invitée à un dîner dans la demeure Eudon. Un dîner bien plus important qu'elle ne le pensait.

Chapitre 24 – Confrontation

Devant le miroir de sa petite chambre, Mélody ne se reconnaissait toujours pas. Cela faisait trois fois en si peu de temps qu'elle portait une robe, alors qu'elle passait habituellement sa vie en pantalon confortable où en combinaison de travail.

Et quelle robe ! C'était Lysandre qui lui avait offert. Tout en satin bordeaux, elle moulait ses formes tout en restant chaste. Un décolleté sage mettait en valeur la pâleur de sa peau. Ses cheveux laissés libres et lisses ondulaient sur ses épaules. Mélody ne s'était pas encore maquillée, redoutant cette étape qu'elle ne maîtrisait pas du tout. D'autant plus que sa sœur Léana n'accepterait jamais de lui faire des yeux de biche pour aller roucouler au bras du fils du gouverneur. Bien que son histoire naissante avec la nouvelle recrue du garage se déroulait comme sur des roulettes et lui fasse peu à peu oublier Lysandre, elle en voulait toujours un peu à sa sœur aînée. Car oui, finalement, il semblait que le jeune Sam fut assez à son goût, bien qu'il ne soit qu'un « simple mécanicien ». Mélody souriait toujours en y repensant.

La jeune fille sentait également une boule se former au creux de son ventre. Elle était stressée par ce dîner. Mélody ne faisait pas vraiment partie du même milieu social que son amoureux et sa famille. Elle avait peur de ne pas être à la hauteur des espérances de la belle famille, que ses manières de garçon manqué reprennent le dessus. Elle voulait rester la plus naturelle possible, mais elle ne vivait pas exactement dans le même monde.

De toute façon, il était trop tard. Mélody entendit le moteur de la voiture de Lysandre qui se garait devant chez elle. Celle là même qui avait été à l'origine de leur première et désastreuse rencontre. À y repenser, jamais la jeune mécanicienne ne se serait imaginée invitée un jour à la table du gouverneur, et en tant que petite amie officielle de son unique héritier !

La jeune fille attrapa son sac, enfila des souliers vernis avant de sortir de sa chambre. Simon était seul dans le salon et regardait la télévision, Léana étant déjà au travail au Shift. Cela soulageait Mélody, car elle était fatiguée du comportement de sa sœur et ne voulait pas essuyer une nouvelle crise ce soir.

- Tu es magnifique ! confia le père à sa fille, les yeux pleins d'émotion.

- J'ai surtout l'impression d'être déguisée, encore une fois ! plaisanta-t-elle pour se détendre, même si cela ne marcha pas forcément.

- Je suis heureux que tu aies trouvé quelqu'un, poursuivit-il. Tu vois qu'il n'était pas si méchant, ce Lysandre.

Il l'accompagna jusqu'à la porte, afin de saluer le jeune homme qui venait chercher sa fille. Malgré sa position sociale, Lysandre se sentait tout petit devant le père de sa dulcinée. Il savait que Simon ferait tout pour protéger ses enfants et leur offrir une belle vie, ainsi devait-il lui montrer d'une part qu'il mettrait Mélody à l'abri du besoin, d'autre part qu'il la chérirait et l'aimerait le restant de ses jours.

- Bonjour, Monsieur Pane, le salua-t-il.

- Je t'en prie, je t'ai déjà dit que tu pouvais m'appeler Simon ! tentait-il de le mettre à l'aise.

- Tu es vraiment magnifique, continua Lysandre en embrassant Mélody.

- Vous vous êtes passé le mot ?

Le jeune homme ne comprit pas, seuls Mélody et Simon échangèrent un regard complice avant d'étouffer un petit rire. La jeune fille suivit son prétendant jusqu'à sa voiture, sous un regard paternel.

- Passez une bonne soirée ! leur cria Simon avant de disparaître dans la chaleur réconfortante de son petit appartement.

Lysandre ouvrit galamment la portière côté passager à sa demoiselle avant de prendre la place du conducteur.

- Je ne sais pas pourquoi, mais j'imaginais que tu aurais un chauffeur, lui confia Mélody.

- D'habitude oui, mais j'aime aussi conduire cette voiture moi-même. Et puis, comme ça c'est plus intime, non ?

Mélody rougit, assortissant son visage à la couleur de sa robe. Même s'il essayait de la mettre à l'aise, la jeune fille se sentait toujours stressée. Et si elle faisait un faux pas ? Et si la famille Eudon ne l'aimait pas ? Lysandre avait été immédiatement adopté par Simon avec ses manières de gentleman, et Léana l'avait aimé dès le premier regard, mais l'inverse ne serait pas aussi évident.

Le voyage se fit dans le silence jusqu'à ce qu'ils arrivent devant la grille de la demeure Eudon. Le portail était déjà ouvert et se referma sur eux dès que la voiture eut pénétré dans les jardins. Lysandre se gara devant la grande porte, un chauffeur prit le relais pour entreposer le véhicule dans un des garages. Alors qu'elle passait la porte d'entrée, Mélody prit une grande inspiration.

Rien n'avait changé depuis la dernière fois. Le hall d'entrée était richement décoré, les statues des temps anciens accueillaient les visiteurs. M. Smith, accompagné de deux androïdes, apparut et proposa aux deux jeunes gens de récupérer leurs affaires. Les robots se saisirent de leur manteau et du sac de la jeune fille avant de disparaître au fond d'un couloir. Le majordome les invita à les suivre dans un des salons, où les attendaient déjà monsieur et madame Eudon.

- Te voilà, Lysandre ! l'accueillit son père en un élan de joie. Et vous devez être Mélody !

- C'est bien ça, commença la jeune fille timidement. Je suis enchantée de faire votre connaissance.
Elle s'inclina respectueusement devant la famille de Lysandre.

- Relevez-vous, mademoiselle, je vous en prie. Nous ne sommes pas à la cour du roi !

La jeune fille se redressa. C'était la mère de Lysandre qui venait de prononcer ces paroles. Le ton était cinglant. Mélody vit qu'Abigaïl la jugeait de la tête aux pieds. La mère de Lysandre ne comprenait toujours pas comment son fils avait pu s'enticher d'une simple mécanicienne, même si elle devait bien reconnaître qu'elle était plutôt jolie.

- J'ai faim, pas vous ? Bayron interrompit l'échange de regard des deux femmes.

M. Smith réapparut et guida tout le monde dans la vaste salle à manger. La table avait été dressée, de somptueuses vaisselles ornées de fines dorures côtoyaient des couverts en argent d'une brillance éclatante. Mélody s'émerveillait toujours devant tout ce luxe. La jeune fille préférait tout de même la simplicité, mais elle devait reconnaître que le décor était absolument merveilleux.

Lysandre indiqua sa place à la demoiselle en lui reculant doucement la chaise. Mélody prit donc place à la droite de son amoureux et juste en face du gouverneur Eudon. Elle avait évité le face-à-face avec la mère de Lysandre, qui ne semblait pas encore bien l'apprécier malgré ses efforts.

Les androïdes serveurs firent leur entrée et commencèrent à les servir. Une salade toute simple, agrémentée de quelques garnitures exotiques dont Mélody ne connaissait pas le nom. Au risque de paraître inculte, Mélody préféra se taire plutôt que de questionner ses hôtes sur ces ingrédients, car le plat avait tout de même l'air délicieux.
Le repas commença donc sans accroc, le gouverneur Bayron cherchant à mieux connaître son hypothétique future belle fille. Abigaïl se contentait de soupirer par moment ou acquiescer pour manifester son avis.

- Et donc, vous êtes mécanicienne, d'après ce que Lysandre nous a raconté ? demanda Bayron.

- Oui, c'est bien ça. Enfin, ce n'est que temporaire. Enfin, je l'espère…

Devant la mine interrogative du bonhomme, Mélody expliqua à la famille Eudon son désir d'intégrer la prestigieuse Académie Mélusianne, et que cette année signerait sa dernière tentative pour voir son rêve se réaliser.

- Tu vois, Abigaïl ! Cette jeune fille n'est pas qu'une « simple ouvrière » ! Elle a de l'ambition, tout comme notre fils !

Mélody ne savait pas comment elle devait prendre le fait que la mère de Lysandre ne la considère que comme « une simple ouvrière », mais elle ne releva pas la remarque.

- Mademoiselle, qu'est-ce qui vous fait penser que cette année vous réussirez mieux que les autres ? demanda alors la grande dame, ses yeux bleus plantés dans ceux de la jeune fille.

- Et bien, je ne sais pas… répondit Mélody, un tantinet déstabilisée.

Elle reprit un peu d'assurance, ne voulant pas se laisser faire par Abigaïl, aussi importante soit-elle. Elle dut reconnaître que le fils tenait de la mère, pour sa capacité à mettre les gens mal à l'aise et à être peu cordial lors des premières rencontres.

- Je veux réussir ce concours d'entrée, alors je travaille de toutes mes forces pour y arriver. Chaque soir, après le travail, je monte réviser les annales des années précédentes. J'analyse les points sur lesquels j'ai peiné les deux dernières fois, pour être sûre de réussir cette année !

Mélody avait parlé d'un ton ferme, sûre d'elle, dévoilant enfin sa vraie personnalité. Abigaïl afficha d'abord un visage impassible à la jeune fille, puis un sourire commença à lui remonter les joues. Cette demoiselle ne manquait pas de piquant, comme l'avait annoncé son fils. Elle était sûre de ce qu'elle voulait. Finalement, elle finirait peut-être à l'apprécier.

Bayron Eudon intervint alors dans l'échange entre les deux femmes.

- Cette école est très réputée, les conditions d'admission sont difficiles. J'ai beaucoup d'amis qui y ont fait entrer leur fils, mais les candidatures de ces derniers étaient appuyées par des personnes importantes. De qui avez-vous une lettre de recommandation ?

- Je n'en ai pas, dit Mélody, prise une nouvelle fois au dépourvu. Je n'ai que mes résultats du lycée et mes performances au concours. Je n'ai toujours travaillé qu'avec mon père, et je doute qu'une lettre de recommandation fasse la différence…

- Si ce n'est que ça, je peux peut-être m'en occuper.

- Vous feriez ça ?

Mélody avala de travers en entendant ces mots. Ses chances étaient forcément réduites à néant en face d'autres candidats pistonnés, mais une lettre de recommandation du gouverneur lui-même ferait toute la différence !

- Bien sûr ! Vous avez réparé l'intégralité de nos robots, révisé l'entièreté de la domotique, et les travaux que vous faites avec votre père pour le compte du dôme sont à chaque fois irréprochable. C'est tout à fait normal !

- Je… Je ne sais pas comment vous remercier…

Mélody n'en revenait toujours pas. Une lettre de recommandation du gouverneur ! Cela allait forcément appuyer sa candidature ! Quand elle annoncerait la nouvelle à son père…

Le repas se termina dans une ambiance plus conviviale qu'il n'avait débuté. Bayron était vraiment un homme agréable et la langue d'Abigaïl commençait à se délier, elle apprenait petit à petit à connaître et à apprécier Mélody. Lysandre et la jeune fille échangeaient de temps en temps des regards complices au fur et à mesure que le dîner se déroulait.

Après le dessert, Mélody se retenait avec force de bâiller. Le repas avait été délicieux, mais copieux et ses paupières commençaient déjà à se refermer. Bayron proposa à tout le monde de quitter la table et de monter à l'étage, pour se séparer et se rendre chacun dans ses appartements.

On avait fait préparer une chambre pour la jeune fille, dans le même couloir que celle de Lysandre. Elle était bien quatre fois plus grande que la chambre de bonne qu'elle avait occupée la dernière fois, lorsque son pneu avait mystérieusement crevé et qu'elle n'avait pas pu rentrer chez elle. Le grand lit double était pourvu d'un bon matelas moelleux, de couettes et de coussins divinement doux. Mélody se sentait réellement comme une princesse dans ce décor de conte de fées. Respectant les règles tacites de ses parents, Lysandre avait laissé la jeune fille seule dans sa chambre pour la nuit, non sans avoir échangé un dernier baiser au préalable.

Sur le lit, on avait fait préparer à la jeune fille une simple et pourtant magnifique chemise de nuit. Mélody l'enfila avec bonheur, trop heureuse de se débarrasser de sa robe moulante et de ses airs de demoiselle de la haute société. Après une toilette régénératrice dans la grande salle de bain attenante à sa chambre, elle finit enfin par se coucher, s'enroulant dans les draps desquels s'échappait une douce odeur printanière.

Lysandre jubilait encore. Le repas avec ses parents n'aurait pas pu mieux se passer !

Il avait d'abord eu peur que sa mère n'accepte pas l'élue de son cœur. Abigaïl désirait avant tout le bonheur de son fils, mais aussi que sa compagne soit digne de lui et puisse lui apporter tout ce dont il aurait besoin dans sa future vie de gouverneur. Du soutien, des connaissances, un héritier…

Mais Mélody lui avait démontré qu'elle était bien plus que cela. Ambitieuse, déterminée, forte, elle possédait de nombreuses qualités, même si ce n'étaient pas les premières recherchées par la mère de Lysandre. Pourtant, elle avait su lui montrer qu'elle savait ce qu'elle voulait, et Abigaïl avait aimé cette force de caractère.

Puis, après le repas, le jeune homme avait raccompagné son amoureuse jusqu'à sa chambre où il l'avait laissée, après un long baiser d'au revoir. Mélody avait disparu dans la chambre de princesse et il avait rejoint la sienne, non sans regretter de ne pas passer la nuit avec sa belle.

Elle était là, à seulement quelques mètres de sa chambre. Tout comme la première fois où elle avait passé la nuit dans la résidence Eudon, mais dans l'aile des domestiques, Lysandre n'arrivait pas à trouver le sommeil. Il se demandait à quoi devait ressembler sa belle endormie. Il aurait tant aimé pouvoir la prendre dans ses bras alors qu'elle sombrait doucement dans le sommeil…

N'y tenant plus, il décida d'aller la rejoindre, au moins pour quelques instants. Ses parents ne lui avaient pas expressément interdit de dormir avec elle, mais les conventions de son rang l'exigeaient, alors ils avaient fait préparer une chambre spécialement pour leur invitée. Lysandre se dit qu'il serait vite revenu, qu'il voulait seulement la voir un peu plus, en tête à tête.

Le jeune homme se leva sur la pointe des pieds, enfila un pantalon confortable et sortit de sa chambre en prenant soin de ne pas faire grincer les gonds de la porte. Il se posta devant celle de Mélody. Il était indécis. Lysandre voulait par-dessus tout la voir, la prendre dans ses bras, mais qu'allait-elle penser de lui ? Il ne voulait pas qu'elle le prenne pour un homme pressé ni un pervers, mais il ne pouvait plus se résoudre à faire demi-tour.

Il frappa quelques coups à la porte, juste assez fort pour qu'elle les entende et assez bas pour ne pas réveiller ses parents à l'étage. Il attendit quelques instants et, n'ayant pas de réponse, se dit que sa belle se trouvait déjà dans les bras de Morphée. Il était un peu jaloux, mais c'était certainement mieux ainsi. Alors qu'il s'apprêtait à faire demi-tour jusqu'à sa chambre, la porte s'ouvrit et Mélody apparut dans l'embrasure.

- Lysandre, c'est toi ?

Sa voix était basse, elle aussi ne voulait pas réveiller toute la maisonnée. Quand ses yeux se firent à l'obscurité, son visage s'éclaira lorsqu'elle vit le visage de son bien-aimé grâce aux rares lanternes encore allumées dans le couloir.

- Oui, je… je me demandais si tu dormais. Moi… je n'y arrive pas.

Il avait décidé d'être honnête avec elle, lui souriant comme un enfant admettant avoir fait une bêtise sans gravité. Mélody aimait ce visage naturel et spontané qu'il ne réservait qu'à elle seule et lui rendit son sourire.

- Moi non plus, avoua-t-elle. Je crois que cette chambre est bien trop grande, je ne suis pas encore habituée à… tout ça, finit-elle avec un petit air gêné.

- J'espère que tu t'habitueras vite alors, car j'aimerais qu'on passe plus de temps ensemble, déclara le jeune homme, ne perdant pas sa bouille juvénile.

Des rires étouffés s'échangèrent avant qu'un silence ne s'installe entre les deux tourtereaux. Chacun pensait à la même chose, mais n'osait pas le formuler. Ce fut finalement Mélody qui brisa le calme en ouvrant plus encore sa porte.

- Tu veux entrer ? demanda-t-elle.

Lysandre acquiesça et entra à la suite de sa belle, avant de refermer la porte derrière lui. Même dans une simple chemise de nuit blanche, elle était toujours aussi magnifique.

- Je me demandais… Si tu voulais qu'on dorme un moment ensemble, toi et moi, annonça Lysandre, en se plantant devant Mélody.

D'abord surprise, la jeune fille fut ensuite sceptique quant à cette idée.

- Je croyais que tes parents ne voulaient pas.

- C'est-à-dire que, chez nous, il est inconvenant de passer la nuit avec une femme avant le mariage, expliqua-t-il. Mais à partir du moment où je suis tombé amoureux de toi, je crois que j'ai balayé toutes ces convenances, dit-il. Maintenant, j'ai seulement envie d'être avec toi, mais si tu ne veux pas, alors je…

- Non, trancha Mélody. Reste.

Ils échangèrent un regard complice rempli de tendresse et se dirigèrent finalement vers le grand lit. Bien assez grand pour deux, ils se blottirent tout de même l'un contre l'autre, Mélody à la recherche de la douce chaleur émanant de Lysandre, le jeune homme profitant de la douce odeur de sa dulcinée.

- Et si quelqu'un nous surprend ? demanda Mélody, qui ne voulait pas perdre les points qu'elle venait de gagner auprès de la famille de son prétendant.

- Ne t'en fais pas, je retournerai dans ma chambre un peu avant que toute la maison ne se réveille. Et si c'est M. Smith qui débarque, j'en fais mon affaire, dit-il avec un clin d'œil.

Il la serra encore plus fort contre lui, caressant la peau douce de ses bras. Lysandre sentait monter en lui un désir nouveau, qu'il n'eut aucune peine à identifier, mais bien plus à réprimer. Il ne voulait pas faire peur à la jeune fille, il ne savait pas ce qu'elle désirait en cet instant, mais il ne voulait surtout pas briser ce moment absolument merveilleux avec ses instincts masculins. Le jeune homme se calma, se concentrant simplement sur la respiration de la belle qui s'endormait peu à peu contre lui.

Mélody était apaisée. Jamais elle n'aurait cru être aussi bien, se sentir aussi fragile et protégée à la fois, alors qu'elle montrait habituellement une carapace impénétrable. Lysandre, malgré des débuts chaotiques, avait su s'insinuer dans ses barrières et aimer la véritable Mélody qui se cachait depuis bien trop longtemps.

Les deux amoureux s'endormirent, tout simplement.

Chapitre 26 – Accélération

Depuis cette soirée, la vie de Mélody était devenue un conte de fées. La famille Eudon l'avait réellement acceptée comme sa propre enfant, et elle passait beaucoup de temps avec sa belle-famille. Elle ne délaissait pas pour autant les siens et s'occupait du garage Pane avec toujours autant d'entrain. Simon et Sam s'occupaient des plus grosses mécaniques alors que la jeune fille réparait les robots et les systèmes automatisés. De plus, Léana s'adoucissait au fil des jours. Sa romance avec Sam se transformait en une réelle histoire et elle pardonnait petit à petit à Mélody de lui avoir volé son avenir radieux. Plus encore, elle était heureuse que sa sœur aînée ait trouvé quelqu'un, même si la plus jeune la taquinait souvent, lui rappelant leurs premières rencontres.

Lysandre venait toujours autant à l'atelier, mais il n'avait plus de raison de trouver des excuses pour venir voir sa belle. Il passait simplement l'embrasser, lui faire un présent, avant de repartir lui aussi à ses occupations de futur gouverneur. Mélody était parfois gênée de tant d'attentions et de cadeaux, mais il lui rappelait sans cesse de ne pas s'en faire, alors elle le laissait faire et profitait de ce bonheur inattendu.

Mais il restait une dernière chose pour que Mélody soit parfaitement heureuse. Le concours d'entrée à l'Académie Mélusianne, sa dernière tentative, approchait à grands pas. Malgré ses sorties multipliées avec le beau blond, la jeune fille avait redoublé d'efforts pour concilier son travail, son amoureux et ses révisions. Elle donnait tout, mais ne se sentait jamais vraiment prête. Alors elle travaillait, encore et encore, jusqu'à parfois se priver de sommeil.

Lysandre admirait plus que tout la persévérance de la jeune fille, lui qui avait tout eu sans trop de difficulté depuis sa plus tendre enfance. Bayron également avait beaucoup d'affection pour la petite mécanicienne qui avait su faire fondre son fils, et était heureux de pouvoir l'accueillir au sein de sa famille.

Mais, dans la famille Eudon, il manquait quelque chose dans cette relation. C'est justement de ce sujet que Bayron voulait s'entretenir avec son fils unique. Les deux hommes se retrouvèrent comme chaque matin dans la bibliothèque pour discuter et prendre un café avant d'entamer la journée.

- Lysandre, nous devons parler de choses sérieuses, sa voix basse résonnant dans la grande salle.

- Je t'écoute, père. Est-ce à propos de nos échanges avec le dôme 195 ? Car, si je puis me permettre, je pense que votre homologue là-bas rencontre quelques difficultés à…

Le jeune homme n'eut pas le temps de finir que son père l'interrompit.

- Non, il ne s'agit pas de cela. Je voudrais te parler de Mademoiselle Pane.

- Il y a un problème avec Mélody ? Je croyais que vous l'aviez adoptée dès le premier dîner…

- Bien entendu, il n'y a pas vraiment de problème. Mais, vois-tu, ta position est assez délicate, la population du dôme 348 est petit à petit au courant de votre relation. Et il faudrait que vous la rendiez, disons… plus officielle.

- C'est-à-dire ? Nous sommes déjà officiellement ensemble, et… oh, très bien, je vois.

Devant le regard insistant de son père, Lysandre avait tout de suite compris de quoi il retournait.

- Ne penses-tu pas que c'est un peu tôt, père ?

- Dans n'importe quelle famille, ce serait trop tôt, Lysandre. Mais nous ne sommes pas n'importe quelle famille. Il nous faut nous montrer forts et unis, alors des fiançailles entre toi et une jeune ouvrière pourraient…

- Attendez, vous voulez seulement que je me marie avec elle, car c'est une mécanicienne, qu'elle n'est pas de haute naissance ?

- Absolument pas ! Je dis seulement que tu ne peux pas vivre une telle relation éternellement. Il faudrait au moins que vous vous fianciez, et un mariage ne devrait pas tarder. Je ne pense pas encore être trop vieux,

120

mais je préférerais savoir que tu te trouves dans de bonnes conditions pour prendre la suite, tu comprends ?

Lysandre songea à ce que lui disait son père. Il avait raison, au sein de sa classe sociale, il avait déjà eu de la chance de pouvoir choisir lui-même sa promise. Le jeune homme voulait plus que tout passer le reste de ses jours auprès de Mélody, mais accepterait-elle une demande si tôt ? Il avait eu du mal à l'apprivoiser, alors une demande en mariage…

- Tu as de la chance, reprit Bayron. À l'époque, quand j'avais ton âge, nous n'avions pas le temps de tomber amoureux. J'ai eu de la chance de pouvoir épouser ta mère, même si je pense qu'elle aurait préféré pouvoir choisir elle-même son mari.

- Je comprends très bien ce que vous dites, père. Toutefois, je préférerais attendre que Mélody ait terminé ses concours pour l'Académie Mélusianne. J'ai peur que cela ne la déstabilise.

- C'est entendu, alors ! Tiens, puisqu'on en parle, je lui ai rédigé sa lettre de recommandation. J'aimerais que tu l'envoies pour moi. Tu pourrais faire ça ?

- Bien sûr, père.

Le jeune homme saisit l'enveloppe cachetée et la glissa dans la poche intérieure de sa redingote, avant de mettre fin à l'entretien. Lysandre rejoignit sa chambre pour y déposer la précieuse lettre, de peur de la perdre. Cette école était tellement importante pour Mélody qu'il s'en voudrait de briser ses chances. Mais d'un autre côté, il voyait toute l'implication et le sérieux que la jeune fille mettait dans son travail. Il était sûr et certain qu'elle allait réussir.

Lysandre réfléchissait aussi à ce que lui avait annoncé son père. Il devait demander Mélody en mariage. Cela lui semblait être très tôt dans leur relation, mais finalement pas tant que ça dans sa classe sociale. Pire encore, de manière générale, il n'était même pas censé pouvoir choisir son épouse. Il devait donc s'estimer heureux.

Mais il fallait qu'il lui fasse la demande parfaite. Mélody n'était pas une fille comme les autres, il ne voulait donc pas lui faire une déclaration trop classique. Et il devrait surtout lui expliquer les raisons d'une demande si soudaine.

Les jours suivants, l'esprit de Lysandre, bien qu'occupé par ses responsabilités d'héritier du gouverneur, était tourné vers sa dulcinée et vers leur futur ensemble.

Chapitre 27 – Proposition

Mélody ne savait pas pourquoi Lysandre lui avait donné rendez-vous si tard dans la journée. D'habitude, ils se retrouvaient en coup de vent pour le déjeuner ou plus longtemps lors des week-ends, ils passaient l'après-midi ensemble, puis chacun retournait à son monde, à ses occupations quotidiennes. Ces moments passés aux côtés du jeune héritier étaient d'une réelle douceur, bien loin de ce qu'elle aurait pu imaginer suite à leur première rencontre. Les sentiments de Mélody grandissaient de jour en jour, au point qu'elle ne voyait plus sa vie sans Lysandre. Mais cela lui faisait un peu peur.

Car elle n'avait jamais vraiment été avec aucun autre garçon auparavant. Elle avait eu quelques béguins d'adolescente, dont une expérience très décevante, mais rien qui ne soit assez fort pour qu'elle ne se lance. Ce qu'elle vivait avec Lysandre était différent. Mélody s'était dévoilée au jeune homme, même si ce n'était pas gagné au début. Et ils filaient le parfait amour, même entre une mécanicienne et un futur gouverneur. Elle se demandait si ses sentiments étaient trop forts, trop rapides, et s'ils ne remettaient pas en question toute sa logique et sa raison. Pourtant, la jeune fille préférait profiter de ces instants avec son bel amoureux, même si elle savait que cela pourrait peut-être ne pas durer.

Mais malgré ses sentiments, elle avait l'étrange impression que quelque chose n'allait pas. Lysandre se comportait de façon étrange ces derniers temps, il semblait même être nerveux, alors qu'il avait toujours l'air si sûr de lui d'habitude. Mélody craignait qu'il ne lui cache quelque chose, et, alors qu'elle y repensait, elle se décida à le découvrir. Un problème dans son travail de conseiller auprès de son père, un désaccord avec un autre gouverneur ou un partenaire… ou une autre petite amie ? Elle n'y croyait pas, bien que le jeune homme soit tout à fait du genre à faire tourner les têtes. Elle décida finalement de lui demander directement, lorsqu'elle trouverait le bon moment. Mélody était aussi à ses côtés pour le soutenir, qu'importe les obstacles qu'il rencontrerait, et vice-versa.

La jeune fille se trouvait au point de rendez-vous un peu en avance. La nuit artificielle commençait à assombrir la surface du dôme qui faisait office de ciel étoilé. Elle se demandait bien pourquoi Lysandre lui avait donné rendez-vous ici, devant l'entrée du seul parc naturel de la ville. Le jeune homme arriva pile à l'heure, au volant de la voiture qu'elle-même avait réparée, un vrai bijou de technologie ainsi qu'un gouffre financier.

- Je suis désolé d'arriver si tard, s'excusa-t-il en descendant de la voiture et en récupérant son inutile canne et son chapeau. Tu m'as attendu longtemps ?

- Au contraire, tu es pile à l'heure, c'est moi qui suis en avance, dit Mélody en s'approchant pour l'embrasser. Mais pourquoi un rendez-vous ici, et pourquoi si tard ?

- Ça, tu vas le découvrir bientôt ! fit Lysandre en lui adressant un clin d'œil espiègle.

Malgré son apparente décontraction, Lysandre était plus nerveux que jamais. Il s'était enfin décidé, lui aussi, et passait souvent sa main contre la poche de sa redingote pour s'assurer qu'elle n'était pas vide.

Le jeune homme proposa son bras à la belle mécanicienne qui l'accepta, et ils s'enfoncèrent tous deux dans la réserve naturelle. Elle n'avait de réserve naturelle que le nom, puisque chaque arbre, chaque plante et même le moindre rongeur avaient été implantés sur le site afin de reconstituer un paysage champêtre en plein milieu de la ville, sous le dôme. Ce grand parc était ouvert au public la journée et était très apprécié des citoyens, mais n'était pour eux qu'une attraction. Ils n'avaient jamais connu de véritables forêts ou des lacs naturels, ils les avaient vus simplement dans les livres ou à la télévision. La nuit, le lieu était fermé et surveillé, mais Lysandre avait pu obtenir un passe-droit grâce à sa position. Mélody n'aimait pas qu'il se serve de son rang pour lui offrir des privilèges, mais cela semblait faire tellement plaisir au jeune homme qu'elle ne dit mot.

Les arbres, les oiseaux, Mélody se sentait merveilleusement bien dans ce lieu. Elle n'y venait pas souvent, car elle était trop occupée au garage, mais à chaque visite, elle s'imaginait vivre au temps où l'état sauvage existait encore. C'était plutôt paradoxal, par rapport à sa passion pour les machines, mais elle était certaine que les deux entités auraient pu cohabiter si l'espèce humaine avait pris bien plus soin de leur terre natale. Alors elle profitait simplement de l'air boisé et de la sensation de l'herbe sous ses pieds, accrochée au bras de Lysandre.

Ils arrivèrent au niveau du lac central, étendue d'eau artificielle où s'ébattaient joyeusement de nombreux oiseaux lors de la journée. Le lac faisait également le plus grand plaisir des pécheurs, qui étaient aussi fiers d'avoir pêché un poisson qu'ils élevaient eux-mêmes plus haut dans un canal que des poissons électroniques simplement décoratifs et ludiques. Mais là, à la tombée de la nuit, le lieu était désert. Sur la petite plage de galets protégée par les bosquets, une barque en bois verni équipée de deux rames les attendait sagement.

- Si tu voulais faire du bateau, on aurait pu venir ce week-end, dit Mélody amusée.

- C'est plus spécial encore, tu vas voir. Suis-moi !

Le jeune homme l'invita à prendre place dans l'embarcation avant de la mettre à l'eau. Il ne fit pas grand cas de ses chaussures cirées et de son pantalon de tailleur qu'il trempa jusqu'au genou en poussant le bateau avant de monter à bord à son tour. Lysandre ôta sa redingote pour être plus à l'aise et agrippa les deux rames. Les deux amoureux se retrouvèrent bientôt au milieu du lac, et Mélody ne semblait pas très à l'aise, regardant par-dessus bord d'un air incertain.

- Aurais-tu le mal de mer ? demanda Lysandre en tentant de la taquiner pour détendre l'atmosphère.

- Non, enfin… c'est juste que je ne suis jamais montée sur un bateau avant.

- Et bien, te voilà baptisée ! Ne t'en fais pas, cette barque ne doit pas se retourner, sauf si nous faisons vraiment les imbéciles dessus.

Il secoua légèrement la barque pour la faire tanguer. Mélody agrippa d'un seul coup le bord du bateau et lui lança un regard noir.

- Désolé, ce n'était peut-être pas une bonne idée.

- Dis-moi plutôt pourquoi tu nous as fait venir ici, demanda-t-elle plus calme. On aurait très bien pu se voir chez moi ou chez toi, ou même en ville.

- C'est que, j'ai quelque chose de très important à te demander.

Dès qu'il prononça ces mots, il désigna le ciel à sa dulcinée. Mélody leva les yeux et découvrit un ciel étoilé, ou plutôt une reconstitution. La paroi intérieure du dôme était constellée d'étoiles, certainement de simples points lumineux à sa surface, mais le spectacle en restait époustouflant. Le « ciel » était rarement aussi pur et lumineux, même la fausse lune permettait aux deux amoureux de se voir quasiment comme en plein jour.

- Tu as demandé aux techniciens météorologistes de changer le ciel, ce soir ? demanda Mélody, mais sans reproche cette fois.

- Oui. Je le fais souvent, en fait. J'aime contempler les étoiles, les constellations, leurs origines. Un de mes plus grands rêves est de voir de mes propres yeux, un jour, le vrai ciel.

Mélody aimait ces moments où ils se confiaient l'un à l'autre. Avant, dire ce qu'elle désirait, ce qu'elle avait sur le cœur, lui était tout bonnement impossible. Mais aux côtés de Lysandre, tout avait changé.

Mélody souriait en contemplant les cieux quand elle s'aperçut qu'une des étoiles semblait bouger. Puis deux. Puis trois. Puis, ce fut toute une myriade d'étoiles qui se décrocha du ciel pour venir petit à petit voler autour des deux jeunes gens.

- Mais qu'est-ce que c'est ? demanda Mélody, en évitant les boules luminescentes qui virevoltaient devant elle.

- Ce sont de petites lucioles.

- C'est magnifique, mais… Je croyais que ces insectes avaient disparu depuis des décennies !

- Celles-ci sont en réalité de minuscules robots, admit Lysandre. Les vraies sont bel et bien éteintes, et c'est dommage, car elles devaient être bien plus jolies.

Il éveilla ainsi l'intérêt de la jeune fille. Ses yeux s'écarquillèrent quand, alors qu'elle tendit la main devant elle, un des petits animatroniques se posa doucement sur sa peau. Le contact de l'insecte automate la fit frémir légèrement. Mélody l'étudia sous toutes les coutures, passionnée par sa minutieuse mécanique.

- Je savais que ça te plairait, fit Lysandre un sourire attendri sur les lèvres, la tirant de ses pensées. Je sais que tu es très douée en mécanique, alors j'aimerais te demander quelque chose.

Mélody ne dit rien, mais porta tout de même un regard interrogateur sur le jeune homme, l'invitant ainsi à poursuivre.

- J'aimerais que tu m'apprennes. Et qu'ainsi, on puisse construire quelque chose ensemble.

Sur ces mots, il fouilla dans la poche de sa redingote, priant pour que son précieux contenu n'ait pas glissé quand il l'avait ôté plus tôt. Heureusement, le petit écrin était toujours là, il s'en saisit et le présenta à la belle mécanicienne.

- Mélody Pane, voudrais-tu devenir mon épouse ?

La jeune fille resta interdite. Elle ne s'attendait pas à une telle déclaration, encore moins à une demande en mariage ! Elle prit quelques secondes pour se remettre de ses émotions, avant de reprendre.

- Lysandre, je… je ne sais pas. On se connaît encore peu, cela ne fait pas très longtemps que nous sommes officiellement ensemble, alors un mariage, non, je ne sais pas…

- Mélody, tout ce que je sais, c'est que je t'aime. Tu es la femme la plus intéressante, intelligente, forte que je connaisse. Jamais je n'aurais cru rencontrer quelqu'un comme toi, encore moins que tu m'accepterais, avec tous mes défauts, et ma famille derrière ! Tu as su lire en moi qui j'étais vraiment, tu m'as fait évoluer sous bien des aspects, et je t'en remercie du fond du cœur. Et notre relation est absolument merveilleuse. C'est pourquoi j'aimerais que l'on se marie, et que nous vivions heureux pour toujours.

Mélody était une nouvelle fois perdue dans ses pensées. Un mariage ? Jamais elle n'aurait pu s'y attendre. Ils étaient encore si jeunes.

À cet instant, son cœur lui criait d'accepter, de se jeter dans ses bras. Peut-être que personne d'autre ne voudrait la demander en fiançailles plus tard, elle, le garçon manqué bourru, la mécanicienne au caractère d'acier. Et elle aimait Lysandre, du plus profond de son cœur. Mais d'un autre côté, sa raison lui intimait la méfiance et la prudence. Lysandre ne venait pas du même monde qu'elle, et leurs définitions respectives du mariage étaient certainement très différentes. S'attendrait-il à la voir à tout moment à la maison, à s'occuper du foyer, des enfants quand ils en auraient ? La jeune fille tenait à sa liberté et à son indépendance.

- Je suis désolée, mais je ne peux pas te répondre là, tout de suite. Il faut que je réfléchisse. C'est tellement soudain ! Et il faut que nous discutions aussi, de tout ce que cela implique.

- Je t'écoute, et je suis prêt à tout pour toi, Mélody.

- Pas ici, pas maintenant. Cette soirée est absolument merveilleuse, et je ne voudrais pas la gâcher ainsi. J'ai besoin de temps pour remettre un peu mes idées en place.

- Je comprends très bien.

Le calme s'installa sur l'embarcation. Lysandre craignait une telle réponse de la part de sa belle, mais il ne s'attendait pas à être aussi mal à l'aise.

- Je tenais tout de même à t'offrir ceci, dit-il pour briser le silence.

Il confia l'écrin de velours à la jeune fille qui étudia son contenu. À l'intérieur, une fine bague couleur vieil or ornée d'une monture assortie, rappelant les formes d'un écrou. Au centre brillait une émeraude, de la même couleur que les yeux de Mélody.

- C'est magnifique ! Mais, c'est trop, enfin, je…

- Tu n'es pas obligée de la porter tout de suite, l'interrompit le jeune homme. Prends ton temps, et je serai toujours là. En attendant, est-ce que tu as faim ?

Ce changement soudain de conversation surprit Mélody, mais permit à Lysandre de dissiper le malaise qui s'installait. Et il entendait le ventre de son amoureuse crier famine.

- Très, avoua-t-elle finalement en retrouvant son entrain habituel.

Elle rangea le petit écrin dans une de ses poches pendant que Lysandre sortait des victuailles du panier qui se trouvait déjà dans la barque lorsqu'ils étaient arrivés. Ainsi, malgré l'importante question qui pendait au-dessus de la tête de la jeune fille, ils passèrent un agréable moment sous le ciel étoilé du dôme 348, sur lequel quelques étoiles filantes avaient même été programmées.

Après la demande en mariage du fils du gouverneur, l'esprit de la jeune mécanicienne tournait à plein régime. Elle ne savait absolument pas quoi faire.

Cela faisait plusieurs jours que le jeune homme n'était pas venu la voir au garage et, comme elle n'avait pas de téléphone portable personnel, elle ne pouvait pas communiquer avec lui. Tout ce qu'elle savait, c'est qu'il était en voyage dans un dôme voisin avec son père.

Cela la rassurait, dans un sens, cela lui laissait le temps de réfléchir à cette demande. Mais elle ne savait pas du tout quand Lysandre devait rentrer. Ce qu'elle savait en revanche, c'est que quand il serait là, elle devrait lui donner une réponse.

Mais que devait-elle choisir ? Ou que voulait-elle choisir ? Son cœur lui criait d'accepter, alors que sa raison émettait toujours certaines réserves. Car oui, depuis qu'ils étaient ensemble, tout se passait à merveille. Le jeune homme était d'une telle prévenance, elle se sentait tellement bien avec lui qu'elle ne voyait plus sa vie sans lui. Mais d'un autre côté, dans un coin de son cœur, il subsistait toujours cette toute première image qu'elle avait de lui, le jeune homme pédant qui l'avait prise de haut parce qu'elle ne pouvait pas lui réparer son véhicule dans l'instant. Et puis, il y avait aussi ses études, son futur. Le concours avait déjà eu lieu, et elle pensait l'avoir mieux réussi que les années précédentes. Elle n'avait pourtant pas encore eu les résultats, mais pourrait-elle toujours suivre ses cours en même temps que devenir femme du gouverneur. Lysandre lui avait assuré qu'elle pourrait faire ce qui lui plairait, mais qu'en était-il réellement ?

Finalement, elle décida de se laisser guider par son cœur, qu'elle avait trop souvent fait taire par le passé. Elle aussi avait droit au bonheur, et elle savait qu'elle pourrait le trouver dans les bras de Lysandre. Et puis, si elle était prise dans son école, elle savait qu'elle avait une volonté assez forte pour gérer sur tous les fronts. Après tout, femme de gouverneur n'impliquait pas grand-chose, d'après ce qu'elle avait compris. Abigaïl semblait seulement s'occuper de gérer la maison et les domestiques, ainsi que les dîners mondains comme le bal où elle avait rencontré son futur époux. Elle laisserait cela à Mr Smith ou bien au prochain majordome de la famille Eudon. Si elle échouait une nouvelle fois au concours, elle pourrait se consoler dans les bras de Lysandre tout en gardant son emploi au garage, plus par passion que par besoin, car elle ne pouvait pas vivre sans ses machines.

Sa décision prise, elle attendit patiemment le retour de Lysandre. Il revint quelques jours après et, lorsqu'elle lui annonça sa réponse, il en fut fou de joie. Mais malgré ce bonheur qu'ils voulaient partager ensemble, il devait repartir une nouvelle fois, dans un autre dôme. Les deux jeunes gens prirent pourtant le temps d'en parler avec leurs parents, et il fut décidé que la réception se ferait au manoir Eudon. Abigaïl se chargerait de l'organisation, épaulée par Mélody, pendant que les deux hommes repartaient une fois de plus. Et, petit à petit, un étrange pressentiment commença à envahir la jeune fille…

Chapitre 29 – Organisation

Mélody se pliait non sans difficulté aux obligations qu'impliquait sa position de future première dame du dôme. Elle vivait certes dans un décor de conte de fées, mais également de grands moments de solitude.

Pour les besoins de la préparation du mariage, elle s'était installée chez la famille Eudon, dans la chambre en face de celle de Lysandre. La jeune fille passait ses journées en compagnie de sa future belle-mère, et elles organisaient toutes deux le bon déroulement des noces. Mélody était bien entendu très heureuse d'épouser Lysandre, mais toutes ces mondanités la mettaient mal à l'aise. Plus vite ce serait fait, plus vite elle filerait le parfait amour avec le jeune gouverneur et elle retrouverait son travail au garage, du moins pour les journées.

Ou peut-être serait-elle sur les bancs de l'Académie Mélusianne ? Ne voyant pas arriver les résultats, elle pensait qu'elle avait complètement raté son concours, mais maintenant qu'elle avait la tête froide, elle s'était dit qu'elle aurait peut-être finalement ses chances. D'autant plus que le gouverneur lui-même lui avait rédigé une lettre de recommandation. Malgré toutes ces bonnes nouvelles, Mélody ne pouvait s'empêcher d'être nerveuse dans l'attente des résultats officiels.

D'autant plus que les hommes de la famille Eudon avaient dû s'absenter pour des raisons politiques. Lysandre et Bayron se trouvaient toujours en visite dans un des dômes voisins. Cela faisait plusieurs jours que Mélody n'avait pas vu son bien-aimé, et préparer le jour de leur union seule n'arrangeait en rien son état. Heureusement que la mère du jeune homme l'accompagnait dans l'organisation de cet évènement.

Dans le grand salon de la demeure familiale, assises sur les grands canapés de velours, Abigaïl et Mélody discutaient alors du menu du mariage. Elles comparaient les cartes de plusieurs traiteurs.

- Nous avons déjà fait appel à ce chef, commença la grande dame en tendant un carton à sa future belle fille, et nous n'avons pas été déçus.

Vous vous souvenez peut-être, très chère, c'était le même lors du dernier bal que nous avons donné pour Lysandre.

- Je me souviens très bien et j'approuve ce choix, répondit Mélody, salivant d'avance à l'idée de retrouver les petits hors d'œuvre qu'elle avait tant appréciés.

- Très bien, alors ce point est réglé ! Qu'avons-nous d'autre à faire aujourd'hui ?

Abigaïl ouvrit le petit agenda de cuir qu'elle emportait toujours avec elle.

- Tenez, regardez. Voici l'emploi du temps typique s'une femme de gouverneur. Maintenant, nous devons régler la question des musiciens, avant de dîner avec les conseillers de mon mari.

Mélody se pencha sur le petit livret et remarqua que toutes les journées étaient bien remplies, même sans les éléments constituant la préparation du mariage.

- Et bien, vous êtes occupée !

- Ce n'est pas grand-chose, voyons ! Je m'occupe de la gestion de la maison, mais aussi des dîners et des rendez-vous de Bayron. Car gouverneur, c'est bien beau, mais derrière c'est toute une organisation ! Enfin, vous le découvrirez bien assez tôt !

- Comment ça ?

- Et bien, ce sera votre rôle d'assister Lysandre dans sa future position. L'épouser implique également un travail à temps plein.

- Mais, et mon travail ? Et mon école ?

- Très chère, vous feriez mieux d'oublier tout ça. Vous pourrez suivre vos cours et continuer à travailler tant que Bayron restera gouverneur. Mais dès lors que Lysandre prendra sa place, vous n'aurez plus le temps de bricoler avec votre père ! Vous aurez un grand rôle à jouer, même dans l'ombre.

Le ton d'Abigaïl ne se voulait pas méchant, mais ses paroles tombèrent comme une sentence pour la jeune fille. À cette déclaration, Mélody se sentait étouffer, son cœur se serra. Abandonner sa passion, son rêve, alors qu'elle touchait peut-être enfin au but ? Dans le même temps, elle désirait plus que tout épouser Lysandre et vivre heureuse avec lui. Mais cela impliquerait-il de laisser tomber tout ce qu'elle aimait ? Le jeune homme ne se rendait certainement pas compte de tout le travail qu'accomplissait sa mère pour le compte du gouverneur. C'était pour cela qu'il lui avait certifié qu'elle pourrait poursuivre son rêve et ses passions, alors qu'il n'en était rien.

La jeune fille resta interdite un instant, perdue dans ses pensées. Lorsque Abigaïl interrompit le fil de sa réflexion, elle s'efforça de lui présenter une expression contraire à son état émotionnel. Elle ne pouvait pas annuler tout le programme de la journée sur cette simple idée, alors elle fit comme si de rien n'était, préparant ses noces de princesse du mieux possible. Mais il lui fallait réfléchir à sa future nouvelle position et ce qu'elle impliquerait. Et Lysandre qui n'était toujours pas là…

Le reste de la semaine, la jeune fille fut dans une constante interrogation. Plus le temps passait, plus elle discutait avec madame Eudon et plus elle se rendait compte de ce qu'impliquait de devenir la femme du gouverneur. Elle devrait vivre pour Lysandre, s'occuper de son emploi du temps, être pour lui une personne de confiance. Elle devait lui vouer sa vie. Mais le désirait-elle vraiment ?

Mélody s'était sentie changer au contact du jeune héritier. En plus de lui avoir ouvert son cœur difficilement accessible, elle avait fait tomber de nombreuses barrières. Barrières qu'elle avait bâties depuis bien des années, depuis que leur mère les avait tragiquement quittées. Depuis qu'elle s'était réfugiée dans un cocon et repoussait tous ses amis qui tentaient de l'aider et qui avaient petit à petit disparu. Elle avait trouvé une seconde famille, même si cela l'avait au début éloignée de sa propre sœur. Léana s'adoucissait pourtant depuis quelques jours, acceptant le bonheur de son aînée et ayant finalement trouvé le sien dans les bras d'un jeune homme, certes d'une condition modeste, mais tout aussi charmant.

La jeune mécanicienne filait le parfait amour dans les bras du futur gouverneur, mais cela valait-il la peine de laisser derrière elle sa famille, sa passion, son rêve ? Elle aurait voulu attendre les résultats du concours pour pouvoir prendre une décision, pour savoir si cela valait la peine de briser quelque chose. Malheureusement, ces résultats n'arriveraient peut-être qu'après leur mariage, il serait donc déjà trop tard. Il fallait donc qu'elle réfléchisse, encore et encore, et décide une bonne fois pour toutes ce qu'elle désirait vraiment.

Chapitre 30 – Explosion

Lysandre n'était pas revenu avant la semaine suivante, mais avait été le plus heureux des hommes de retrouver enfin sa dulcinée. Il en avait profité pour l'emmener une journée dans la réserve artificielle du dôme, un lieu de nature recréé de toute pièce d'après des archives datant d'avant la guerre nucléaire. C'était la même où il avait demandé Mélody en mariage, quelques semaines plus tôt.

Mais Mélody n'était pas à son aise. Elle avait toujours une terrible décision à prendre, et son cœur se serrait à chaque fois qu'elle voulait en parler avec son amoureux. Elle n'y parvenait jamais.

Ils se baladèrent sur des chemins en terre battue, entourés de jeunes arbres destinés à constituer plus tard une forêt verdoyante. Ils s'arrêtèrent finalement au bord d'un lac pour le déjeuner quand un des androïdes au service du jeune homme leur apporta le pique-nique. Ce rendez-vous était idyllique, et Mélody oubliait parfois qu'ils devraient ensuite retourner à leurs obligations respectives.

Lorsqu'ils rentrèrent au manoir, ce fut comme un rêve qui s'estompait doucement derrière eux. Ils retournaient à leur vie, et Mélody à ses interrogations. Mais malgré cet après-midi aussi doux et chaleureux, elle s'était rendu compte que depuis bien des jours, il lui manquait quelque chose. Elle avait enfin pris sa décision.

Lysandre sentait sa bien-aimée tendue, mais avait mis cela sur le fait qu'elle devait être fatiguée et stressée à propos du mariage qui approchait à grands pas. De plus, elle devait s'habituer à un tout autre mode de vie que ce qu'elle avait vécu au garage. Il fallait seulement lui laisser le temps de s'acclimater.

Il ne comprit donc pas tout de suite quand, le lendemain, il la vit sortir de sa chambre vêtue de ses vêtements de travail et non des robes qu'on lui avait offertes. Elle lui avait offert un timide sourire avant de retourner vivement dans la pièce.

Il fallait qu'elle le fasse, et le plus tôt possible, avant qu'il ne soit trop tard. Avant d'être enfermée à jamais dans des corsets trop serrés, une vie réglée à la minute, une vie pour quelqu'un d'autre. Il fallait lui faire face et lui expliquer, mais Mélody ne s'en sentait toujours pas le courage.

Alors elle avait pris sa valise et avait attendu qu'il ne soit plus dans le couloir. Une fois la voie libre, elle s'était précipitée vers la grande porte. Elle maudissait sa lâcheté et étouffait ses larmes, elle ne pouvait pas faire autrement.

Elle se rapprochait finalement de la sortie, se faisant à l'idée qu'elle ne reviendrait plus jamais, qu'elle ne le reverrait plus, quand elle entendit une voix derrière elle.

- Mélody ! Attends !

La jeune fille se figea. Elle redoutait toujours autant la conversation qui devait arriver, mais elle était heureuse de pouvoir lui expliquer son geste. Elle s'en serait voulu toute sa vie de le quitter sans aucune explication, même si c'était ce qu'elle s'apprêtait à faire.

- Où vas-tu ? Explique-moi ! la supplia Lysandre.

Elle se retourna et essuya ses larmes avec la manche de sa chemise, essaya de se calmer pour tout lui dire. Mais elle explosa et finalement vida son sac, aussi intelligiblement qu'elle put malgré ses sanglots.

- Je ne peux pas rester. Tu vois, cette vie, tout ça, ce n'est pas moi ! Je ne veux pas, je ne peux pas passer le reste de mes jours à gérer une maison, des rendez-vous, une vie d'aristocrate. Il faut absolument que je retourne à mes machines, sinon je vais exploser ! Et si je deviens ta femme, à quoi serviraient mes années d'études à l'Académie Mélusianne si je ne peux pas devenir ingénieur, coincée ici ?

- Je suis sûr que tu peux tout concilier, tenta de négocier Lysandre. Je sais que mon père s'appuie beaucoup sur ma mère, il est vrai, mais je pourrais être plus autonome que lui. Je pourrais aussi prendre quelqu'un à mon service pour t'éviter tout ce travail.

- Tu sais très bien que c'est impossible. C'est le rôle de la femme du gouverneur, quelqu'un en qui tu dois avoir une confiance aveugle. J'admire énormément ta mère pour son travail acharné dans l'ombre et son dévouement. Mais je suis désolée, je ne peux pas remplir ce rôle.

Les yeux de Lysandre se voilèrent, il savait pertinemment ce qui était en train de se passer. De chaudes larmes coulaient déjà sur les joues de Mélody, glissant le long de son visage pour venir s'écraser sur le col de sa chemise.

- Je ne veux pas que tu partes, Mélody. Mais je ne sais pas quoi faire…

- Il n'y a hélas pas grand-chose à faire, je le crains. Nous vivons dans deux mondes beaucoup trop différents, peut-être un peu trop, qui ne peuvent pas encore cohabiter.

La jeune fille s'approcha doucement de lui, glissant ses bras autour de son corps. Lysandre lui rendit son étreinte, et Mélody lui murmura ces mots.

- Je t'aime, Lysandre, mais un « nous » est impossible. Nos avenirs et nos rêves sont incompatibles.

Il rechercha ses lèvres et ils échangèrent un long et dernier baiser, avant de lui chuchoter à l'oreille.

- Je t'aime, Mélody, beaucoup trop pour vouloir t'enfermer. J'espère que tu arriveras à vivre tes rêves. Au revoir.

Ils se séparèrent et Mélody attrapa son sac tout en essuyant une nouvelle fois ses larmes. Elle adressa un dernier sourire qu'elle voulait encourageant à son premier véritable amour.

- Au revoir, Lysandre.

Elle se retourna et franchit la grande porte de la demeure puis emprunta les jardins. Cette fois, Lysandre ne se mit pas à sa poursuite. Il resta ainsi quelques minutes, immobile, stoïque, avant de brider son cœur et de rejoindre son père pour lui annoncer la nouvelle. Bayron ne serait pas dupe, mais il savait que son fils ne voudrait rien laisser transparaître et désirerait gérer son chagrin seul. Il l'accepterait.

Devant la grille, Simon attendait sa fille aînée à bord de leur vieille voiture rouillée. Il aperçut Mélody les joues mouillées, les yeux rougis, mais il ne posa pas de question. Ce fut elle qui brisa le silence qui s'était installé entre eux.

-    On rentre à la maison ? demanda-t-elle avec un sourire triste.

Il déposa un baiser sur son front et démarra la voiture.

-    On rentre à la maison.

Épilogue

Mélody passait de plus en plus de temps à la fenêtre de sa chambre. D'ici, elle pouvait voir le ballet aérien des robots nettoyeurs qui chaque soir dépoussiéraient la surface du dôme. Elle aurait aimé pouvoir admirer le vrai ciel au travers, tel qu'il était décrit dans les livres d'histoire, mais c'était tout bonnement impossible.

Un peu plus haut à gauche se trouvait la nacelle de contrôle, suspendue à l'armature du dôme. Normalement, il devait s'y trouver un technicien, mais pas cette fois. Elle pouvait voir de loin une silhouette se découper au travers de la petite lucarne, qui la fixait. Cette coupe de cheveux, ces vêtements habillés, ce corps athlétique et élancé et surtout cette éternelle et inutile canne. C'était bien la silhouette de Lysandre.

Lysandre avait congédié le technicien pour pouvoir prendre sa place dans la nacelle de contrôle. L'homme fut surpris, mais laissa volontiers son rôle d'observateur, ne pouvant rien refuser au fils du gouverneur. Il n'avait pas grand-chose à faire, seulement veiller à ce que les petits robots fassent bien leur travail. Mais de cette position, depuis ce promontoire, il avait surtout une vue imprenable sur le quartier des ouvriers et surtout sur le garage Pane, qu'il regardait d'un air nostalgique.

Leurs mondes n'étaient pas encore compatibles et n'étaient pas faits pour qu'ils soient ensemble. Les aspirations des deux jouvenceaux avaient eu raison de leur amour naissant. Bien que très attachés l'un à l'autre, il fallait maintenant se laisser partir l'un l'autre, pour peut-être ne jamais se retrouver.

Un mélange de peine et de détermination envahissait le cœur de la jeune fille. Lysandre avait été son premier véritable amour, avec qui elle s'était sentie réellement femme, désirée, admirée. Ces doux sentiments avaient su réchauffer son cœur glacé. Ces moments avec lui avaient été réellement magiques, presque irréels, elle n'aurait jamais pu y songer. Le futur gouverneur se révélait être bien plus qu'un fils à papa trop gâté. Il pouvait se montrer très avenant, très tendre, même avec un caractère un peu ronchon parfois. Mais ses rêves à elle ne convenaient pas avec la vie qu'ils pouvaient construire ensemble.

De son côté, le jeune homme admirait l'ambition de sa dulcinée, sa débrouillardise, son franc-parler. Trop peu de femmes osaient se comporter ainsi et se contentaient de suivre la norme, d'être de simples objets de décoration auprès de maris importants. C'était ça qui lui avait plu avant tout, sa différence, sa détermination et son fort caractère. Et c'est à cause de ce qu'il aimait chez elle qu'ils ne pouvaient pas être ensemble.

Dans les mains de la jeune fille, une lettre estampillée des initiales de l'Académie Mélusianne. Elle l'avait reçue le matin même, et avait attendu des heures avant de l'ouvrir. Quand elle se décida finalement, elle ôta délicatement le papier de l'enveloppe avant de le porter devant elle, ses yeux toujours fermés. Et quand elle les avait enfin ouverts, ce fut une explosion de joie. Mélody était enfin acceptée dans l'école de ses rêves. Le soir même, ce fut donc un grand festin qui fut donné au garage Pane. On invita même Sam, avec qui Léana avait enfin trouvé une relation sérieuse et sincère. Mélody se disait que finalement, elle arriverait peut-être à trouver un homme à son goût qui ne soit pas un parfait goujat.

Avant le repas, elle avait tout de même profité d'un instant de répit pour appeler Lysandre afin de lui annoncer la nouvelle.

- C'est vraiment formidable ! avait-il dit. Je suis vraiment très heureux pour toi !

Malgré sa joie apparente, sa voix résonnait encore de la tristesse de leur rupture inévitable.

- Merci, je suis si contente ! Et c'est aussi un peu grâce à toi. J'aimerais vraiment te remercier encore pour tous tes encouragements et ton soutien, ainsi que ton père pour sa lettre de recommandation.

- À ce propos...

Il y eut un blanc coupable avant que le jeune homme ne reprenne la parole.

- La lettre, c'est moi qui devais l'envoyer pour mon père à l'Académie. Mais je savais que tu n'avais pas besoin de ça pour réussir, alors… en fait, elle est là, sur mon bureau.

Mélody n'en revenait pas. Elle ne savait pas si elle devait lui être reconnaissante de lui avoir fait confiance à ce point ou si elle devait fulminer, car, si elle n'avait pas été prise directement, la lettre aurait peut-être fait pencher la balance de son côté.

- Je ne sais pas quoi dire. Je suis à la fois très fière de moi, et en même temps je te déteste ! finit-elle par dire en riant.

Sa bonne humeur contamina le jeune homme, sa voix semblait s'apaiser.

- Tu as réussi, c'est tout ce qui compte. Je suis vraiment désolé, mais je dois y aller, j'ai un repas d'affaires ce soir. Passe une bonne soirée.

- Toi aussi, au revoir.

C'est le cœur lourd qu'ils raccrochèrent, car c'était certainement leur dernier échange. Mélody avait rejoint sa famille et oublia quelques instants ses peines de cœur, se concentrant sur le dîner donné en son honneur. Mais dès qu'elle eut rejoint sa chambre, ses pensées s'étaient retournées vers son bel héritier, et elle savait qu'il la regarderait, ce soir.

Le système de projection des dômes offrait sur la surface de la membrane un merveilleux, mais artificiel ciel étoilé, où pouvaient se lire toutes les constellations que Lysandre lui avait apprises. Elle aurait aimé voir les étoiles pour de vrai, mais la pollution avait créé une telle couche nuageuse autour de la Terre qu'elles étaient invisibles.

L'une d'entre elles attira spécialement son attention. Mélody ne l'avait jamais vue, et les points lumineux semblaient s'inscrire un par un sur la surface d'encre, créant petit à petit un motif nouveau qu'elle ne distinguait pas encore.

Puis elle le reconnut enfin. Un sourire éclaira son visage et une larme se forma au coin de son œil avant de glisser le long de sa joue.
Dans le ciel, une nouvelle constellation venait de voir le jour, pour une

nuit seulement, mais dans le cœur de la jeune fille, pour toute sa vie.

À côté de la nacelle, parmi les étoiles, se dessinait un tournevis.

Remerciements

Une nouvelle fois, j'aimerais vous remercier, chers lecteurs, d'avoir pris le temps de vous plonger dans mon univers. Vous ne pouvez pas savoir à quel point cela me réchauffe le cœur !

J'aimerais adresser quelques remerciements spéciaux à mes relecteurs Marie-Jeanne, Paul et Jeremy, qui ont pu apporter chacun à leur manière un regard extérieur à mon manuscrit. Mais également à tous ceux qui m'ont soutenue dans mes projets tels que celui-ci.

Un grand merci à la fabuleuse Fanny Reynaud pour cette magnifique couverture, Melody est si belle sous ses crayons !

Enfin, j'aimerais aussi remercier tous ceux qui ont pu lire cette histoire sur la plateforme Wattpad. Vous êtes des grands malades ! Un beau jour les compteurs de vues s'emballent et depuis cela ne s'arrête plus. Et vos commentaires m'aident autant qu'ils me font rire parfois !

En bref, merci à tous !

Cyrielle

Vous pouvez me retrouver sur :

Facebook : Cyrielle Joannard - Autrice de l'imaginaire

Twitter : Cyrielle Joannard @ylindiel

Wattpad : Cyrielle Joannard

Instagram : @atelierylindiel

Et retrouvez Fanny Reynaud sur :

Facebook : FanaTi'z Galery

Instagram : @fanatiz_galery